JN034934

風俗♂(ボーイ)の溺愛トライアングル

MARUKO YOSHIKAWA
吉川丸子

ILLUSTRATION 亜樹良のりかず

CONTENTS

伊浦悠（いうらゆう）は、大学の先輩から紹介された「バイト先」の店の前で立ち尽くしていた。

まずはじめに断っておく。悠の十九年という人生では、男が男を好きになることは奇妙なことだと教えられてきた。マンガやネットでも茶化（ちゃか）されているのを自然に受け入れていたし、性交なんてもってのほかだと刷り込まれてきた。差別意識や不快感を持っているわけではない。けれど男を愛せるか、と聞かれたら答えは「ＮＯ」だ。そう答えるのが正解だからだ。

『ROSE BUD（ローズバッド）』

四階建てのビルの三階に、それはあった。木製のドアに掲げられた薔薇（ばら）のつぼみが一輪描かれた看板の隣に書かれた文字を、呆然としながら悠は何度も読み返す。

男性の、男性による、男性のための風俗店。

「まさか、そんな、うそ」

悠は眉間に指を当てて自分の記憶を手繰（たぐ）り寄せる。

昨日、大学のゼミが終わった後、先輩はなんて言ってここを紹介してくれたんだっけ？

「悠、金が要るんだろう？　いいバイト紹介してやるよ。連絡してやったからここ行ってこい。お前パッとしねえけど顔だけはいいし向いてんじゃね？」

ゼミ内で「ネズミ男」と呼ばれているその先輩、シミズから渡された地図を握りしめる。

自分の顔が良いとは思わないが、その言い方から怪しげな水商売だろうとある程度警戒はしていた。

けれどさすがにこれは予想外だ。

「ちょっと待って、ちょっと」

誰もいない店の前で一人怯える様子は滑稽ではあったけど、気づく余裕はない。

悠はなぜか同性愛への差別意識がない。昔、複数の男友達から告白された経験も理由かもしれない。ちなみに小中高大と共学だ。

残念ながら悠の人生の中で「彼女」という存在が現れたことはない。人口の半分は異性のはずなのに、である。理由は知らない。身長は百七十弱だから小さすぎるわけでもない。ただ体重は常に六十キロを超えることはなかったし、中学校の時は色がやたら白くてボーッとしていて存在が謎すぎるという理由で「百葉箱」と呼ばれていたから、外見には全く自信がない。

「いやいや、いやいやいやいやいやいや」

が、いくら悠が同性愛に差別意識がないとは言ってもそれとこれとは話が別だ。

ご存知かな？　尻の穴は出口であって入り口ではない。排泄のための器官なんじゃ。悠の頭の中の物知り博士が笑顔でぴょこりと顔を出した。悠はうんうんと頷く。

いやしかしご存知かな？　神様とは粋な奴で、男同士でも愛し合える仕組みを作ったんじゃ。尻の穴の快感を知ってしまった者はそこから戻ってこれなくなるそうじゃ。もう人のピンク色した物知り博士が邪悪な笑顔を浮かべて登場する。

尻の穴で性交をするのに女のように潤滑液が出てくるわけでもなし！　しかもばい菌だらけなところに繊細な尿道を突っ込むのは快感のためとはいえリスクが大きすぎるし理不尽じゃ！　物知り博士が怒りだす。悠は負けるな！　と野次を飛ばす。

うるさい男だな、じゃあワシがお前に教えてやる。ピンクの物知り博士が物知り博士を力任せに押し倒した。

「うわー！　物知り博士!!」

その後彼らがどうなったのかは知らない。知りたくもない。物知り博士の甘い声を聞きたくなくて耳をふさぐ。

現実に戻ろう。

改めて店の看板を見つめても、文字が変わるわけではない。男性が男性に奉仕する性風俗のお店。ゲイ向けサービスの店だ。

客のブツをしごいたり舐めたり尻の穴に入れたり入れられたりする、店。

お気に入りである一張羅のパーカーの袖を思わず握りしめる。色あせたパーカーは名のあるところのものだったが、古着屋で手に入れたそれは布地もくたびれてきている。

金が要るのは本当だ。今年の春に大学二年生になった悠は、仕送りに頼らず安アパートで暮らし、週二日の家庭教師と深夜のコンビニバイトで食いつなぐ日々だ。授業に対する真面目な姿勢は教授たちの受けもいいのだが、今時流行らない絵に描いたような苦学生の生活は、バイトに行く直前にアパートの目の前で交通事故に遭った子猫を拾ってしまったことで、バランスを崩してしまったのだ。

両てのひらにすっぽり収まるサイズの茶トラのその子猫は、息も絶え絶えでアパートの前に横たわっていた。悠はバイト先に連絡を入れて休みをもらい、すぐさま動物病院に連れて行ったことで子猫の命は取り留めたが、請求された金額の大きさはわずかばかりの悠の蓄えを根こそぎ持って行ってしまった。ミュウと名付けたその子猫の、保育器のような箱の中で辛そうに息をする姿を思い出すたび胸が痛む。

バイト代が入るのは月末。その他の諸々の支払いはそれよりも前だ。何より、家賃の支払いを待ってもらっている状態なのだ。地元に住む女手一つで悠を育ててくれた母親に頼るのは、悠にとって最後の手段。せっかく母親の猛反対を押し切って大学進学を選び、地元から逃げ出してきたのだ。頼ったりしたら、きっとまたせせら笑われ罵声(ばせい)を浴びせられ、奴隷みたいに扱われる。そんなのはもう嫌だ。悠の生活は完全に詰んでいた。

地図に示された店の前で、先輩の糸を引くようなニヤついた表情を思い出す。

「ううーん……」

悠はかれこれ十分以上店の前に佇んでいる。平日の午前十一時という時間は道路を歩く人影もそれほど多くない。

自分にバイトを紹介してくれた先輩には感謝をしたい。したいと思う。思いたい。だけど男同士だ。今、悠の脳裏に浮かんでいるのは暑苦しい筋肉同士が絡み合う滑稽な図。マンガやテレビで刷り込まれたイメージだ。お金は必要だが、やりたくない。

「どうしよう……」

下唇をきゅうと噛む。紹介してくれた先輩の顔を潰すわけにもいかない。

しかも風俗なんてきっとヤクザだ。ここで自分がバックれて、先輩にヤクザの報復があったら困る。例えばコンクリ詰めにされて東京湾に放り投げられるかもしれない。みんなからあまり好かれているタイプではないといってもあまりに気の毒すぎる最期だ。

ううう、と呻いて顔を伏せると、茶がかった黒髪がさらさらと揺れる。

ということは今から俺はヤクザの懐に飛び込むわけだ。小指一本で足りるだろうか。

「……うん」

俺も男だ、覚悟を決めよう。先輩の命を無駄にはできない。

ゆっくりと顔を上げ、まるい瞳に意志の強さを湛えて看板を見つめる。悠は、トートバッグ越しに履歴書に触れた。

深呼吸をしてから三、二、一。カウントダウンの後、「close」の札のかかったドアを思いきり引いた。

「す、すみませーん」

しんとした空間。まだ開店前の店内は薄暗く、受付にも人がいない。数秒前の威勢の良さはどこかへ行ってしまい、悠は気の弱さ丸出しで声をかける。受付デスクの向こう側はカーテンで仕切られている。果たして声が届いているのかどうか。

返事はない。耳を澄ませてみても何も聞こえない。湿った空気の中に漂う独特の匂いにすこしだけ眉を顰(ひそ)める。これは業務用洗剤の匂いだろうか?

今日が面接だと聞いている。声をかけつつそろりそろりと店の中へと足を進める。座り心地の良さそうなソファの並ぶ空間を通り抜け、もう少し奥へ。すると人影が角から現れて飛び上がった。

「ひゃあ!」

ヤクザか? ヤクザなのか? 一人勝手に怯えながら縮こまっていると、明るい声が降ってきた。

「あれえ、誰? 新人ちゃん? 初めましてかな?」

眩しい、と思ったのは気のせいだろうか? 顔を上げると、天使が立っていた。

綺麗。どう見ても男だし声だってちゃんと男なのにこんなに綺麗だから多分天使だ。同じ人間とは思えない。

天使は一瞬驚いたようにこちらの顔を見つめていたが、懐かしいものでも見るような嬉しそうな笑顔をこちらに向けた。

「わあ、可愛い、すっごい僕好み」

「は？　え？」

悠は目の前の人懐っこく愛らしい笑顔を見つめながら呆然とする。

明るい金髪に、真っ白い肌はつるりとしていて発光するように輝いている。まつ毛も長くて顔だけ見たら一瞬女性かと思う。悠よりも背が高く細身で、彼そのもののような上品なシルエットのジャケットを身にまとっている。凛々しい表情をしたらもちろんかっこいいのだろうけれど、第一印象は間違いなく「綺麗」だ。

「初めまして、僕は天春晶良です。よろしくね」

天使は、改めて丁寧にお辞儀をしてからにこりと笑った。花のような笑顔の中、真っ白な歯が覗く。

手を差し伸べられたので手汗が気になりつつ慌てて握り返す。ここの従業員だろうか？

「い、い、伊浦悠、です。よろしくお願いします」

顔だけ見たら悠と同い年くらいだろうけど、佇まいから少し年上かな、という印象だ。

現実味がないほど整っているのに、小づくりな顔は愛嬌があって表情豊かだ。

「悠、ね。可愛いね、悠」

にこにこと笑顔のまま、いきなり悠の長めの前髪をかき上げてくるからびっくりする。顔が近いし、いい匂いがする。出会ったばかりの人間にいきなり触られたのに、不快どころか胸がきゅんとする。悠はぽーっと晶良の顔に見とれてしまった。

可愛いと言うお前が可愛いマジ可愛い。悠心の一句。

「め、面接に来たんですけど、店長さんはいらっしゃいますか？」

「面接？　ふふ、合格」

「へ？」

「まあいいや。寛貴（ひろき）、じゃない、店長呼んでくるよ。おいで」

「ヒロキ？」

手を引かれて、明らかに従業員以外お断り用の廊下を通るとひとつの部屋に通された。中央付近を衝立（ついたて）で区切ってあるその狭い部屋は、応接と事務の兼用のようだった。小さなテーブルをはさんで向かい合うソファに案内されるがまま座れば、ちょっと待っててね、と天使がウインクを残して姿を消した。ハートを撃ち抜かれてクラクラする。

天使の衝撃から我を取り戻すと、少しずつ周りの様子が見えてきた。隅々まで掃除の行き渡った空間に、目の前にはテーブルとソファ、目を上げればコンクリートの打ちっぱなしの壁とブラインドのかかった大きめの窓。観葉植物。衝立の向こう側を覗けば書類の積まれた机。背の高い書棚。ただのオフィスビルにしか見えない。

回るミラーボール、壁からいくつも生える様々な色の男性器、それらをしゃぶって見せる露出の多い男たち。大音響の音楽の向こうに、男同士の熱い喘ぎ声。

違った。全然違ったじゃないか。誰だそんなドスケベ空間を考えたのは。俺か。

脱力したまま天井を見上げて、コーヒーを供して姿を消した晶良を思い返す。

あんな綺麗な人、一体どんな事情があってこの店で働いてるんだろう。きっとヤクザの仕業だ。すごい金額の借金を負わされて夜な夜な身体を売らされてるんだ、かわいそうに。

悠は自分の想像にうんうんと何度も頷いた。

そんなヤクザとつながりのある店長は、すごくいかがわしい男に違いない。ものすごいマッチョか、露出の多い剛毛のクマか、七色のウイッグを被ったドラァグクイーンか。未知のものに対して少しでも耐性をつけたくて、悠の無駄に有り余る想像力が偏見とともにうなりをあげる。

妄想に浸っていた結果、衝立の向こうから人が現れたことに気づくのが遅れてしまった。

「失礼、お待たせしました」

突然声をかけられ、飲みかけていたコーヒーが鼻に入る。慌てて立ち上がると、前につんのめった。目の前にはがっしりとした胸板を覆うぱりっとした白いワイシャツ。顔が視界に入らない。

でかっ。

百九十はあるだろうその頭の位置まで視線を上げ、硬直した。

「……は？」

「店長の森末です。伊浦悠、くん？　連絡は貰ってる」

こちらをまっすぐ見つめるその顔は、度肝を抜かれるほどの男前だった。

凛々しい眉に、くっきりとした二重は目力が強い。通った鼻筋に、かたちの整った唇。それらが、手入れの行き届いた肌の上に美しく配置されている。

軽くウエーブのかかった黒い髪はゆるく後ろに流されている。無造作なのに様になっているのは、顔の造作の良さゆえだろう。男が向かいのソファに移動する。

コーヒーがさっきから鼻の奥の粘膜に沁みる。晶良とは真逆のタイプの美丈夫に、悠は心の中で呟いた。

なんだこの店は。美形の動物園か。

立て続けにとんでもなく顔がいい人間に出会ってしまった。街中ですれ違っても、きっと無意識に目で追ってしまうだろう男前だ。けれど、不思議なことに悠はこの美しさに既視感を覚えた。つくりものみたいな人間離れした美しさと、全く動かない表情。何かに似ている。何か……？

「あ、デパート、の、マネキン」

「ん？」

「あっあっ、しっ失礼しました！　いう、伊浦！　悠！　です！」

思いきり頭を下げる。促されて再びソファに座ると、名刺を差し出された。名刺はどうみてもサラリーマン用のそれで、風俗勤務のものには見えない。目の前の無表情の美形をちらっと見て、もういちど名刺に目を落とす。

『ROSE BUD 店長 森末(もりすえ)寛貴』

体格も顔つきも日本人離れしていたから、もしかして海外の血が混じっているのかと思ったが、そういう訳でもないらしい。

モリスエ、ヒロキ。さっき天使が『寛貴』と呼んでいたが、やっぱりアレか、従業員と店長がデキてるやつか。悠の心の中の名探偵がメガネを光らせた。

「伊浦くん。悠くん、か」

呼ばれて顔を上げたが、この美形、こちらの顔を認めたかと思うとふと目力を強めた。

「は、はいっ」

そのまま無言でじっと見つめられる。面接だから面接に来た人間を観察するのは当然なのだけど、それにしても見過ぎじゃないだろうか？

見られる居心地の悪さはだんだん恥ずかしさにすり替わって、じわじわ顔が火照ってくる。男の不躾な視線は服の下まで這うようで、裸にでもされた気分だ。握りしめた手が汗ばんでくる。せめて何か言ってほしくて口を開く。

「あの、あんまり、見ないでください。緊張します。目が、あの、エロいです」

「エロい目で見られることに慣れたほうがいい。ここはそういう店だ。……悠くんはゲイか？」

「は⁉　えっ⁉」

「ノンケか？　アナルの経験は？　タチ、ではないな」

魅惑的な声がいかがわしい言葉を投げてきた。

「あ、あな」

悠の声がひっくり返った。アナル。声に出したことのない日本語。

そうだ、天使みたいに綺麗な子やマネキンみたいに整った男に驚きっぱなしだったが、男性相手の風俗の面接に来ていたのだ。

「じ、実は俺、ここが男向け風俗って知らなくて」

「うん？」

「大学の同じゼミの先輩から、金が必要ならここ行けって紹介されたんです。いいバイトがあるって」

「は？」

眉を寄せた寛貴は、悠の言葉に何か思い当たったらしい。

「君を紹介したのは確か、シミズくんだったか？　会ったことはないんだが、彼の後輩？」

「そうです」

「ああ……また彼か。そうか。そういうことか……」

長い指で額を押さえて、これで何度目だ、と口の中でブツブツ呟いた。そんな些細な仕草さえ絵になっている。

「あの、店長さん、あの」

「わかった。何があったのか把握できた。ああ下の名前でいい。寛貴だ。店長と呼ばれるのはあまり好きじゃない。どうせ雇われだしな」

「じゃ、じゃあ、寛貴、さん、あの。履歴書」

「一人紹介すると三万円だ」

「えっ」

突然の金額に、悠は首を傾げた。

「シミズくんへの紹介料だ。君がここで働くようならその金額を彼に払う。つまり」

「つまり、俺がシミズ先輩をここに紹介したら三万円？」

「ちょっと落ち着いて」

お金の話に惑わされて身を乗り出した悠を、寛貴が宥める。

「君は紹介料のためにここに売られたんだ。わかりやすく言えば、君は騙された。シミズという男はたった三万で信用を売ったんだ。初めてじゃない。常習犯だ」

「だま、さ……？」

騙された？　売られた？　俺が？　先輩に？　三万円で？　風俗にそんなシステムがあるなんて知らなかった。

「困ったものだ……。たまにあるんだ、紹介料目当てでここに事情を知らない人間を寄こす奴が。帰っていいぞ。シミズくんにはびた一文払わないから安心しろ」

「払わない……」

三万円。三万あれば家賃が払える。食費になる。ミュウの治療費の足しになる。誰かを紹介して三万円入るなら、俺が俺を紹介するのはありだろうか？　ああだめだ、人間、お金がないと余裕がなくなる。三度ほど深呼吸して気持ちを落ち着かせる。

払わない。つまりここを俺に紹介した先輩は役に立たなかったということだ。役に立たなかった人間を、ヤクザだったらどうするだろう？

さあっと身体中から血の気が引く。

「すみません！　先輩の命だけは助けてやってください！」

悠は寛貴に力一杯頭を下げた。髪がばさりと視界を覆う。こういう時、貧乏でマメに床屋に行けていない自分がもどかしい。

「なんで君が謝……は？　命？」

「だって風俗はヤクザがやってるんでしょ⁉　何かあったらヤクザが出てくるんですよね⁉　俺こんなことになって、落とし前つけさせるために先輩が男たちにサンドバッグにされた挙句マワされてコンクリート詰めにされて東京湾に沈められるんですよね⁉」

悠の言葉に、今度は寛貴の方が理解するのに数秒時を要した。

「……いいや？　ドラマや映画の見過ぎなのか、想像力が豊かなのか……」

寛貴はひとつ咳払いをすると、一から順序立てて丁寧に説明した。風俗は必ずヤクザが関わっているわけではないこと、この店はヤクザと関わりのある店ではないこと、シミズは普通に考えたら酷い男であること、悠はちょっと人を信じすぎて危険だということ。

「しかし強面だのホストだの言われたことはあるが、ヤクザと言われたのは人生で初めてだな……」

ついでに、風俗は割のいい仕事だけど危険も多いこと、人を信じすぎる悠には向いていないだろうこと、そもそもノンケで人に騙されてきたならさっさと帰れということも。

どうやらこの人は見た目に反して、情に厚くて生真面目な性格らしい。あまりにまともな返事が返ってきて、かえって悠は混乱した。まともじゃないのはもしかして自分の方なんじゃないかという疑問がようやく湧いてきた。

冷えてしまったコーヒーを一口飲んで、なんとか気持ちを落ち着かせる。

「ええっと、ノンケって、ゲイじゃないストレート……、異性が好きな人間のことですよね」

「そうだな」

「ここで働いてる人はみんなその、……ゲイ、なんですか？」

「金を稼ぐためにここにいるノンケもいるし、ノンケを求める客もいる。だが、ゲイのほうが多いな。自分もそうだし君をここまで案内した男も……ああ、あれはバイか。まあい い。ノンケだったがバイになった奴もいるし、そもそも心が女の奴もいる。ここはそういうところだ」

「ノンケの人も？」

金を稼ぐためという目的があるなら、男が好きじゃなくてもここで働ける人もいるのか。

悠の心の中で、何かのハードルがすっと下がったのを感じた。

「……ここ、いくらもらえるんですか？」

悠はコーヒーカップを見つめながら呟く。

「君は話を聞いてなかったのか。俺は帰れと言ったはずだ」

「聞いてました。紹介だけで三万円ですよね」

紹介だけで三万円なら、働いたらもっと収入があるはずだ。そもそも風俗は時給が高いはず。女性が働くよりもいくらかは下がるかもしれないが、それでも他人の欲望を肉体を使って処理するのだから。

「それとも、俺みたいなノンケはお断りですか？」

ゆっくりと顔を上げる。声のトーンが自然と下がった。悠の様子に、寛貴が眉を顰める。

「悠くん？」

どうせここで帰ってもお金のない状態が変わるわけじゃない。むしろ今、稼げそうな新しいバイト先が目の前にぶら下がってるんだから食いつくべきだろう？ ノンケの人だっているならきっと俺だって。

ぎらりと寛貴を見上げた。

「何をしたらいくらもらえますか？ 後ろはちょっと遠慮したいんですが、手を使ったり口を使ったりはできると思います」

ゆら、と立ち上がり、テーブルに手をついて寛貴を見上げる。コーヒーカップとソーサーががしゃりと音を立てた。

「ついでに言うと童貞なのでうまく突っ込めるかわかりません。あと皮被ってます。仮性ですが」

「仮性でも別に問題は……いや、いやそうじゃない、どうした、落ち着け悠くん、一旦座って……」

半分目が据わった悠の様子は尋常じゃない。獰猛（どうもう）な肉食獣のような光を目に湛え、気づいたらテーブルに膝をついて寛貴ににじりよっていた。

「寛貴さん、いくらですか俺。お金が必要なんです。ミュウが、猫が入院してるんです」

「猫？」

「動物って保険が利かないんですね。俺の健康保険証出しても保険適用されませんでした」

「そりゃあそうだろう」

「『この子が伊浦悠なんです』って言ったら速効ばれました。じゃあ君は？　って聞かれたときに『ミュウです』って答えたのが良くなかったのかもしれません」

「最初から間違ってると思うが」

「アパートの前で瀕死だったんです。貯金をはたいて病院に連れていって、今は家賃も待ってもらって、これからガスと水道と電気の引き落としがあります」

「悠くん、ちょっと待て。せめて瞬きをしろ」

「待てないんです。一刻を争うんです。いくらですか？　俺はいくらになりますか？」

テーブルを乗り越え、寛貴の膝をまたいで彼を上から見下ろす。

寛貴は悠の金欲に完全に圧倒された。

「し、シャワー込み四十分で一万五千円が最短コースだ。手でも口でもいい。基本コースは九十分で二万円。オプションでいくらか上乗せになる。君の配分はこの七割だ。残り三割はこちらがもらう」

「すごい……」

うっとりとする表情に寛貴の目が釘付けになったが、悠は気づかなかった。

「君が断ったアナルプレイだが、うちの売りで、初めてならプラスで一万五千円つく」

「売りましょう」

「早いな」

「女性と違って破れる膜もありませんし守るべき貞操でもないです。裂けたら大事ですけど。労災はおりますか？」

「君は何をどこまで想像しているんだ」

寛貴が悠の腰に触れる。腰から尻までゆっくりと手のひらで撫でていく。

「じゃあ、アナルはＯＫだな？」

「寛貴さんが買ってくれるんですか？　俺の初めて」

尻肉を揉みしだく手の動きは少しも悠に快感をもたらさない。けれどせっかくなら小汚くて不細工なオッサンより、寛貴のような美しい男の方がずっといい。

寛貴の顔が曇った。

「いや……」

歯切れの悪さに悠が首をかしげる。

「あ、寛貴さんはネコ、というやつですか？」

悠の乏しいゲイ知識の中にある単語のうちのひとつだ。突っ込まれる専門だ。突っ込む方はタチというらしい。

「タチだ」

「じゃあ、俺が好みじゃないからできない？」

「好みだ。すごく」

熱い目で見つめられ、ちょっとドキッとした。ついでにムラっときた。寛貴の声もいけなかった。低くて甘い声だ。男から性の対象にされるなんて不愉快なはずなのに、自分の内側からこんな衝動が湧き上がったことに少し戸惑う。

「じゃあどうして……、ああそうか、でかくて初心者相手だと入らないんだ寛貴さんの」

「大きさに関しては否定はしない。だが安心しろ、君のアナルはそのうちどんな大きさのペニスでも入るようになる」

うわあ、リアルでペニスって言う人初めて見た。ちょっと引いた。

「待ってください。俺別にアナルを使いたいわけじゃありません。家賃と引き落とし分をなんとかしたいだけで」

少し頭が冷静になって尻穴をおさえる。

「そうか」

さっきからずっと悠の尻や太腿を撫で回していた手が離れた。何も感じていなかったはずなのに、なぜか名残惜しい。悠の身体は目の前の男にもっと触れて欲しがっているらしい。前なんて触られていないのにうっかり勃ってしまっている。どういうことだろう。

俺、こんなだったっけ……？

「君はノンケだろう？　他人のペニスに触ることに抵抗はないのか？」

問われてハッとする。男には抵抗があると思っていたのは思い込みだったのかもしれない。

これならいける。むしろ好都合だ。

「数分前にはありましたが今はありません。なんならしゃぶります。口でイかせます」

「大口たたいてやっぱりできないというのは困る」

「寛貴さん」

勢いのついた悠が、がっ、とスラックス越しに寛貴の股間を掴んで、次の瞬間凍りついた。

マジででかい。まだ萎えた状態なのに多分悠のフルサイズよりでかい。こんなものをどうするって？　目が泳いだけどこれがお金になると思えば、ほら、うん、全然余裕じゃないか。

気後れを金への執着とど根性でブチ倒し、改めて寛貴を見上げる。

「口だけじゃないって、口で証明して見せます、一万五千円」

口を開いて口内を見せつける。舌を伸ばすと、寛貴が息を呑む気配がした。


自分の心臓の音が聞こえてくるほど緊張しているのがわかる。

今から男のブツを下着から引っ張り出してしごいて、しゃぶって射精させる。テストだから射精させる必要はないとは言われたが、人生で初めての経験だ。先ほどの発言をほんの少し後悔する。けれど迷っている暇はない。

「失礼します！」

目の前には、寛貴の股間。悠は二、三度深呼吸をする。

ひたり、と太腿に手をのせる。布越しに体温と逞しい筋肉の感触が伝わってくる。

「筋肉、すごいですね」

みっちり詰まった男らしい太腿の感触を心ゆくまで手のひらで味わうと、ゆっくり、スラックスの前立ての上に手を伸ばして股間に触れる。さっき触れたからか、少し興奮しているそれを布越しにぎゅうと握るとさらに大きくなる。

「う……」

再び頭によぎった不安を振り落とす。

できるできないじゃない、やるんだ。慣れない手つきでベルトのバックルを外してファスナーを下ろす。下着ごとスラックスを掴んで引きずりおろすと、ぶるん、と勢いよくそれが飛び出てきた。避けきれず、ぺしゃりと頬を打たれる。

「わっぷ！」

「ああ、悪い」

けれど、ぶたれたことよりも目にしたそれの迫力に気圧される。

「うそ」

海外のＡＶくらいでしかお目にかかれない大きさだ。つるんとした亀頭はカリが張っていて、余った皮もほとんど見当たらない。ずっしりとした存在感は軽く凶器だ。ほんの少しの恐怖と気後れと、男としての憧れとときめきと戸惑いと、性器に対する羞恥心とがないまぜになってめまいがしてくる。

おっかなびっくり茎の部分を握ると、しっかりした肉の感触と熱。

「うわあ……」

自分以外の男の、勃起したモノに触ってしまった。再び混乱と羞恥が湧き上がる。が、不快感はない。

「悠くんやはり」

「だ！　大丈夫！　です!!　無理ってわけじゃないんです、ただ……」

「ただ？」

そう、どういう訳か嫌なわけではないのだ。あるのは、これだけ男らしくてかっこいい男のいやらしいモノに触れる背徳感と、なぜか少しの優越感。

「寛貴さんの、でかくて、すごくて、あの、俺、は、恥ずかしくて」

両手でぎゅう、と握る。

「やらしくて、ちょっと怖くて……」

「……っ」

頭の上で、声を殺す気配がした。手の中のそれがびくんと震えて少し大きくなる。

「が、んばりますからっ」

決意を込めて見上げたが、手で口を覆った寛貴の表情は見えない。

悠は、はやる気持ちを抑えて、自分でするときと同じ強さでゆっくりしごき上げると硬さが増す。

素直な反応に、恐怖心が薄れてくる。緊張と羞恥と恐怖のドキドキは、いつの間か好奇心へとすり替わっていた。

「ん……」

ずしりとした陰嚢を弄(もてあそ)びながら、もう片方の手で輪を作ってカリの段差を何度も往復させる。次第に硬さを増し大きくなる性器に、愛しさがこみ上げてくる。可愛い。もっと気持ちよくしてあげたい。

だんだんムラムラしてくる。男のモノなのに。男のモノなのに？　そういえばいつもＡＶを見るとき、男のモノにモザイクがかかっていることにイライラしていた気がする。

これにキスして、舐めたら、どうなるんだろう？　もっと大きくなるんだろうか？　想像したら唾液が溢れてきた。

「あの、舐めて、いいですか？」

「もちろん」

こちらを見下ろす目が欲でぎらついていた。欲しがられている事実に、悠の身体がますます熱くなる。

男に欲を向けられて嬉しい？　微かに浮かんだ疑問は目の前の肉の塊への興味で押し流された。美味しそう、な気がする。飲み込んでも飲み込んでも唾液がどんどん溢れてくる。

恐る恐る茎に口づけて、口づけて、もう一度口づける。唇に触れるそれの熱さで頭がぼうっとする。味見をするよう亀頭にちろりと舌を這わせると、知らない肉の味。

「ん……っ」

何かが、頭の中でぷつりと弾けた。

口の中に拡がる、初めての男の味にたまらなくなる。大きく口を開けて根元にかぶりつく。下生えが頬や鼻をくすぐってくるけれど構わない。においに頭が痺れてくらくらする。

唇と舌で根元をしゃぶりながら、亀頭を何度も手で刺激すると、ぬるついたものが絡みついてきた。

「やるじゃないか。……っふ」

寛貴の荒くなる息遣いが、悠の頭の芯をだめにする。

根元から舌全体を使って茎を舐め上げると、先走りがひとしずく口の中に流れ込む。刺激のある味が拡がった。美味しいはずがない。だけど、ひどく甘く感じた。悠の中の何かのスイッチが完全に入った。興奮のブースターがかかって唾液が溢れ出す。

「んっ」

もっと味わいたくて、先端から咥え込む。びくびく脈打つ大きな塊は口の中をいっぱいにした。息苦しいほどの質量に、身体じゅうが痺れておかしくなりそうだ。熱いのは自分の口なのか相手のモノなのかわからない。ほんの数分前に会ったばかりの男の、いやらしいモノを頬張っている事実に頭が焼き切れそうだ。たくさんこすってしゃぶってもっとでかくして精子を残らず飲み干したい。

「む、っぐ」

高揚したまま喉の奥まで飲み込むと、性急すぎたのか吐き気がこみ上げてくる。欲望に反して身体が性器を吐き出してしまう。

「おい、大丈夫か？」

何度もせき込んでいると、寛貴の大きな手が悠の頭を撫でた。無理はするなといたわりつつも興奮を無理やり押し込めた声だ。悠の熱くなった頭は納得しない。

「ちんちん、もっと」

もっと欲しい。

「な、」

もっともっと欲しい。

「やだ、もっとほしい、ちんちんおいしい、もっとしたい」

悠は、熱い吐息を垂れ流しながらぱかりと口を開ける。苦しくてもいいからもっと欲しい。べろ、と舌を伸ばすと、口の端から溢れた涎(よだれ)が垂れて糸を引く。

自分の奥にこんな欲望があったなんて知らなかった。こんなの制御できない。悠は自身が限界まで勃起していることすら意識できなかった。

寛貴が喉を鳴らしたのを、遠いところで聞いた。

悠の頭を両手で押さえて、ゆっくり彼の喉の奥まで入れる。喉や肩が不自然に痙攣したので口から抜くと、やっぱり何度かせき込んだ。

「苦しいだろう？」

「いい、ちんちんで苦しくなるの最高、して、無理やりして、俺の口でイって、いっぱい出して」

なのに悠はもっととねだる。息が上がっているのに、トロトロのかわいい顔で、口を犯せとんでもないことを懇願してくる。

「めちゃくちゃにしていいから、ねえ、お願い」

恍惚とした悠のデニムの一部の色が濃くなっている。もしかしたら射精してしまっているのかもしれない。

こちらが興奮しつつも少し困った顔をしているのにも気づかず、ちっとも供されないことに不満を覚えた悠が、寛貴の性器にしゃぶりついた。

「う、っわ」

溢れる唾液がぐちゃぐちゃと濡れた音を立てる。と思えば、寛貴の腰を抱き込んで自分から喉の奥まで突っ込んだ。ぐぼ、という音が喉から響く。

「……っ、く」

快感に腰が震えた。二、三秒迷ったのち、どうなっても知らないぞ、と掠れた声で小さく呟いてから悠の頭をがしりと掴む。

ゆっくり腰を引いてから、勢いよく喉の奥めがけて突っ込んだ。

「！」

悠の喉の奥がぎゅうっと締まる。苦しいだろうその生理現象は、けれど寛貴には痺れるような快感をもたらす。こらえきれず声が漏れ、もっと奥まで味わおうと腰を揺らしてしまう。

ぐう、という聞きなれない音が聞こえたけれど、寛貴は構わず腰を動かす。喉の相当奥まで侵入することになるから、全部を埋めるつもりはない。今だって、悠が少しでも拒否する動きをしたならすぐにでもやめる心づもりだった。そもそも悠にこんなことをさせる気はなかった。なのに、表情こそ苦しそうにしているものの、寛貴の腰に回った悠の腕はしがみつくようにして離れる様子がない。

「くそっ……」

蕩（とろ）けそうに熱くてぬるついた悠の口が、喉の奥が痙攣するように押し出してくる感触が、気持ちいい。呼吸もままならない様子でぼろぼろ涙をこぼす様がいじらしい。

ほんとに、知らんぞ。

寛貴はこらえていた何かを、ふつりと手放した。

これがイラマチオと呼ばれる行為だということすら知らなそうな彼の、かわいい口をぐ

ちゃぐちゃに汚して犯してやる。欲しがられているんだ、構わないだろう。

「く……っ、お」

「ごぶっ！　が、ッあ」

無知な青年を暴力で征服する快感に、夢中になる。自分の快楽だけを追求する。こみあげる射精感、身体が求めるまま、奥の奥まで突っ込んで、そのまま射精した。

「すまない、すまん、悪かった、おい大丈夫か、すまん」

気管がヒューヒューいう。鼻の奥が痛い。何度もオエッとなる。口の中が苦くて酸っぱい。生臭い。酸素が足りない。むせすぎて気管が痛い。

生命維持のための生理反応はまだ落ち着かないが、それまで音だった言葉が認識できるようになってくる。だれかが謝ってる。頬をやさしく撫でられている。身体の芯がまだ甘い。すごくよかった。

「うう……」

悠は目の前に拡がる白いワイシャツに額をこすりつけると、先ほどから謝りどおしの寛貴がぐっと口をつぐんだ。

「ティッシュ……」

「ティ、ティッシュ、だな、わかった」

しゅしゅしゅ、という音が聞こえたかと思うとティッシュが顔に当てられた。羽根のような柔らかさ。ああ、これ高いやつだ。こんなにまとめて使ったらもったいない。柔らかなティッシュの感触に恐縮しつつもそのまま思いきり鼻をかんで、涙を拭く。口の中がまだまずい。

しびれていた頭がじわじわと正気を取り戻す。床の上に座り込んでいるのを抱きとめられていた。パンツの中がべちょべちょしているのが気持ち悪い。悠はぼんやりと視線を上げる。

「大丈夫か」

「あ、うわあああ！」

突然目の前に現れた、整った顔。思った以上に近い。距離にすれば十五センチ。慌てて一メートルの距離をとる。パンツがべちょっと音を立てた気がした。

「ああ、すいません！　すいませんでした！」

一気にさっきの記憶が襲ってきた。自分は何を言った？　何をした？　何をねだった？

顔が焼けそうに熱くなったかと思うとさーっと血の気が引いた。恥ずかしさも極まると冷や汗が出るということを初めて知った。

「謝るのはこっちだ、ここまでするつもりは全くなかった。こんな……くそっ」

悠が土下座で何度も謝っていると、思いもよらない言葉がかけられた。恐る恐る顔を上げると目が合った。凛々しい眉が下がって心なしか目力も弱まっている。

困った顔もかっこいいなあ、と思ったのもつかの間、頭を下げられた。

「な……っ、やめてください、違います俺が変だったんです」

「普段ならこんなことはしない。俺もおかしかった。すまない、どこかまだ辛いところはないか？」

今度は二人で頭を下げ合う。

狭い事務所がちょっとしたカオスになっていることに、二人はしばらく気づかなかった。

寛貴はバスルームを貸すからシャワーを浴びたらいい、と言ってくれた。ついでに汗まみれ精液まみれ涎まみれになった悠の服も洗濯してくれる、とも。パンツだけじゃなくデニムもひどいことになっていたからありがたく甘えることにした。どうやらここは一通りの設備が整っているらしい。

クリーム色のバスルームは悠のアパートのものよりもずっと広い。シャワーがホース式ではなく、海外の映画でよく見る固定式だ。仕組みがわからず四苦八苦してしまった。

お湯を浴びながら、先ほどの出来事を思い出す。身体がまだあちこち甘ったるくて、触らずに射精してしまったからか漏らす程度しかイけなくてなんだかイライラもする。

水温を下げ、頭から水を被る。頭を冷やしてこの煩悩(ぼんのう)を洗い流したかった。

自分は性にあまり興味がないタイプだと思っていた。同級生からどぎついエロ動画を見せられてもピンとこなかった。可愛い女の子は好きだし恋もしたけど、服の下には興味がわかなかった。今思うとあれは恋ではなく憧れだったのかもしれない。

ＡＶはたまに見ていたけど、ああそうだ、男女の絡みより男性器や男優の身体に興奮していたじゃないか。気が付きたくなかった。

「あ～～～～～～～～～～～～～～～～～～～～～～～～～～」

もうだめかもしれない。

寛貴の性器を思い出すと一気に下半身が熱を持つ。

最高に興奮した。でかくて硬くて熱くてエロいなんてもんじゃない。自分の中の何かをすぽーんと乗り越えて求めていたものに出会えた喜びだった。生まれて初めてカチリとはまった欲望に夢中になって、追いかけていったらめちゃくちゃなことになった。

「忘れたい……」

エロいものにエロいことをしてエロいことをされた。エロかった。エロってすごい。

あれ以上のモノがあるんだろうか。もしかして、ここで働いたらもっとすごい体験ができるんだろうか？

忘れたいと呟きながら思い出すのは先ほどの行為のことばかりだ。反芻すればするほど心に刻まれてしまい、思い出すのをやめられない。

「うわあああああ」

力いっぱい髪や身体を洗っても紛れない。頭が勝手にいやらしいことを考える。だめだ。だめだ。どうしたらいい。思考を止めたい。そうだ歌おう。そして踊ろう。

「ふう、いい汗をかいた」

悠の服はまだ乾いていないようで、渡されたテロンとした薄っぺらいバスローブと、ファストファッションブランドの袋に入っていたの新品のボクサーパンツを身につける。パンツは返さなくていいと言われて気が引けたが、悠のパンツは伸びて穴があきそうだったからありがたくいただくことにした。

脱衣所のドアを開ける。給湯室の前を通り抜け、従業員の待機所らしきところに差し掛かると話し声が賑やかだ。ここにさっきの天使みたいな人がいるんだろうか？　気になったけどまっすぐ先ほどの事務所に向かった。

事務所では、長い脚を持て余してデスクに座る寛貴がいた。後ろめたさと恥ずかしさを覚えながら頭を下げる。

「大丈夫か？　どこか辛いところは？」

「へいき、です」

恥ずかしくて顔が見れない。服が乾くまでここで待て、と応接スペースに通されながら、パンツに穴が空いていたから捨てていいか聞かれた。もう恥ずかしさに恥ずかしさが重なってどうしたらいいのかわからなくなる。捨ててください、いっそ俺ごと。そう言ったら変な顔をされてしまった。

「悠くん」

すっ、と目の前に、白い封筒を手渡された。

「今日の分だ」

「へ？」

「さっきの……事務所でのフェラ分だ。君の言う家賃には足りないと思うが」

「お金ですか？」

悠の目が知らず輝く。ただの白い封筒なのに目が痛くなるほど眩しく感じる。

「あんなことをするつもりはなかった。……改めて、すまなかった」

気まずそうに謝られて、ちょっと慌てた。アレは悠が強引にお願いしたことだ。けれど、受け取ってもらえると気が楽になると言われたので、ありがたくいただくことにする。

「あり……ありがとうございます!!」

勢いよく頭を下げ、白い封筒を受け取った。今の悠にとって、所持金が増えることは寿命が延びることと等しい。

「それをしまったら、帰ったほうがいい。もう、ここには来るな」

「え？」

「やめておけ。まっとうな仕事を探すんだ」

感情のこもらない寛貴の言葉に、とん、と突き放された気がした。

「そ、んな、俺、さっきの、そんなに下手くそでした？　それとも、俺がバカだから？」

短時間で高収入。男性器を咥えるのはドキドキしたし、むしろ向いているんじゃないかと思っていた矢先の言葉に面食らう。

「下手ではなかったしバカでもない。そういう意味じゃない。こんなところで働くべきじゃないと言ってるんだ」

「お金が必要なんです」

寛貴はこちらを見ると、居心地悪そうに眉を寄せた。

「……ここをどこだと思っているんだ？　男に身体を売る仕事だぞ？」

「でも、その、それでも」

ここで働ければだいぶ生活が楽になる。時間にも余裕ができる。ミュウだってまだまだお金がかかる。そうだ、病院代だけでなく、予防接種や餌代だってこれから稼がなくてはいけないのだ。

「絶対来ちゃいけませんか？　来たら迷惑だ、というなら来ません。だけど、ここで働けると時間もできるし助かるんです。今回みたいにどうしてもお金が必要になることもあるかもしれません。だから」

悠が寛貴を必死な様子で見上げた。バスローブが乱れて無防備に胸元が拡がり、ちらりとピンクの乳首が覗いて寛貴の目が吸い寄せられたが、悠は気づかない。

「俺、ここがだめなら他の店を探すしか」

「待て悠」

名前を呼ばれてドキッとする。立ち上がった寛貴に乱れていた襟を正された。

「いいか、お前を雇うのは簡単だ。だが何をするかわかってるのか？　いろんな客がいる。性癖も人数分だけある。いい人間ばかりじゃないし、君の先輩のシミズみたいな奴もいるだろう。ずっとそんな奴らの相手をして、病んだのもたくさんいる。怪我や病気のリスクだってある。それは、この店じゃなく他の店でも変わらない」

「……はい」

「まっとうではない、人に言えない仕事だ。覚悟はあるのか？」

まさかこんなに親身に考えてくれるなんて思わなくて、丸い目を更に丸くする。風俗なんて、ヤクザがやるような金儲けが目的のいい加減な職業だと思っていたからだ。

「覚悟……」

いい加減な気持ちでいたのは確かだ。寛貴の言葉を噛みしめる。男相手の、まっとうではない、人に言えない仕事。

でも、どの店でも同じというなら、この人がいるこの店がいい。

「『商品』になる、ってことですよね」

まっすぐこちらを見下ろす瞳は強い。けれどそれを跳ね返すように見つめ返した。

「お金が必要なんです。お金が貯まるまで、それまで、迷惑かけないようにしますから、お願いします！」

今日何度目だろう、思い切り頭を下げると、しばらく間があいてから大きなため息が聞こえた。

「身長と体重」

「は？　えっと、ひゃ、百七十センチ、五十五キロ……」

頭を下げたままの姿勢で腕を引かれて事務所側へ連れて行かれる。うっかり足がもつれ慌てて顔を上げると、寛貴が再びデスクに座り、メガネをかけたところだった。

「数字盛っていないか？　まあいい。年齢は十九歳か。ペニスサイズを測れ。勃起状態のサイズだ」

「へ⁉」

そのまま淡々と悠の情報を店のウェブサイトに登録していく。

「採用ってことですか⁉」

「金がいるんだろう？」

「あ、ありがとうございます！　あの、俺、向いてないかもしれませんが、頑張ります！」

「……向いていないとは思わない。止めたのは俺の個人的な感情だ」

「えっ」

どういう意味だろう？　そっと顔を覗き込むと、ぱしりと目が合う。

「その代わり、ここで働くなら容赦しないからな」

整った横顔に不敵に微笑まれ、意味がわからないまままきゅっと息が止まった。

「ヒロさーん、呼んだ？」

いくつか質問に答えているうちに、茶髪をなびかせた少し年上の青年が事務所に現れた。

「シュウ君、新人の悠だ。いろいろ案内してやってくれ。悠、こっちはシュウ。受付や雑務をお願いしている」

ビジュアル系ホストのような見た目の青年は、ぺこりと頭を下げる悠を頭の先からつま先まで値踏みするように見ると、にこりと笑った。

「ふうん、可愛いじゃない？　んふふ、よろしくね。さ、行きましょ」


従業員のことをボーイと呼ぶらしい。

この店に登録しているボーイは数十名、ボーイの待機所には常に数人が待機していているという。

「登録だけしてちっとも来ない子も多いけどね。はい、もう一枚いくわよ」

最初の仕事は、店のウェブサイトに掲載する悠の写真を撮ることだった。

身なりを軽く整えられて壁の前に立たされ、シュウに言われるままポーズを取ると、何度もシャッター音が鳴り響く。ポーズを変え、表情を変え、軽く服を脱ぐ。撮り終わるとシュウが得意げにデータを見せてきた。

「ふふーん、可愛く撮れたわよ。やっぱアタシ天才だわ。ウェブだと顔隠しちゃうんだけどね」

画面の中にはびっくりするほどアンニュイな美少年が映っていた。誰だこれは。実物とのあまりの違いに若干引いた。

シュウは写真のデータを寛貴に渡すと、悠を案内しながら色々教えてくれた。

寛貴はオーナーが連れてきた雇われ店長で、ここに来る前は普通の会社員をやっていたらしいこと。もともとこの店はオーナーの道楽の店で、売り上げも人間関係もぐだぐだだったこと。寛貴が来てくれて、ボーイ同士のトラブルもなくなり働きやすくなったこと。

「寛貴さん、……かっこいいですよね」

「ああいうのが好み？　若いわねえ。間違いなく顔はいいけど、アタシはもうちょっと汚くてくたびれてるほうがセクシーで好みね。ま、頭かったいし軽口も叩かないし、めったに笑わない鉄面皮（てつめんぴ）だから遠巻きにされてるけど、仕事できるしやさしいし甘いもの好きだし、人間としては好きよ」

ただ、寛貴に恋人がいるという話は聞いたことがないらしい。

「あんな性格だからもちろん相手したボーイもいないし、フェラだとかの実技指導もしないし、『幻のキノコ』って呼ばれてんのよ」

「えっ!?」

「ヒロさん目当てにここのボーイ登録して、ぶつかって玉砕した子もいたわ。あれは結構修羅場だったわよお」

聞きたい？　とニヤニヤされたので、首を横に振る。他人の恋愛事情に興味はない。

「な、なんで、フェ……実技指導しないんですか？　寛貴さん」

「真面目だもん。この業界合わないと思うのよねえ」

じゃあなんで自分には？　軽くパニックになる悠に気づかず、シュウは楽しそうに喋る。

「で、ここは半分アキラさんのお花畑ってのは聞いた？」

「アキラさん？」

「オーナーの名前よ。さっきまでいたんだけど帰っちゃった。忙しい人なの」

「オーナー……」

こんなところのオーナーなんて、めちゃくちゃ金持ちのハゲでデブでスケベなジジイだろう。お花畑、つまりハーレムを作るほど精力の有り余った男だ。ぞっとする。

「アキラさんのこと聞いてないってことは、ヒロさん言ってないわね。いーい？　基本、オーナーからの指名は絶対だから」

「ふえ⁉」

「オーナーとのプレイは拒否できないわよ。だけどその分ちゃんとお金も出るわ。ちゃーんと気持ちよくしてくれるし、みんなアキラさんと一回セックスしたら夢中になっちゃうんだから。本気になりすぎてクビになっちゃった子もいるくらい」

もお、すんごいのよ、とうっとりするシュウはすっかりメスの顔だ。脳内で、三人四人と美青年をはべらす巨根のエロジジイを妄想して、いつか自分もそうなってしまうのかと血の気が引いた。

「アキラ……って同じ名前のボーイさんいますよね」

この店に入った時に事務所まで案内してくれた美少年は、そんな名前じゃなかっただろうか？

「いないわよ」

「あれ？　じゃあボーイじゃないのかな？　モデルみたいな美少年でした。天春晶良って名乗られて」

「それがアキラさんよ」

「は？」

「金髪でジャケット着た美形でしょ？　ここのオーナー。若いけど相っ当な資産家って聞いたことあるわ」

「え、うそ、オーナー……えええええ⁉」

巨根のエロジジイと出会った美少年のイメージがイコールにならない。悠の頭のＣＰＵが限界を超えてフリーズしてしまったのは、仕方のないことだろう。

案内されたボーイ達の待機所には、数人の青年がいた。ゲーム機やマンガや雑誌が雑然と散らかるその部屋で、思い思いに時間を過ごしている。スマホをいじるもの、食事をとっているもの、対戦ゲームをしているもの、様々だ。

「アキラさんとヒロさんって幼馴染らしけど、別にデキてるわけじゃないみたいよ。それとなくヒロさんに聞いたらめったためたに怒られちゃった」

晶良ショックからまだ抜けきれないまま、悠はシュウの話をぼんやり聞く。

「親しそうに呼び捨てしてたから、絶対デキてると思ってました」

心の中の名探偵が小さくなっている。お前はホームズじゃなくてワトソンの方だったんだな。

「アキラさんに会えたなんてあんたレアよ？　宝くじ買ってみなさい。当たったら半分ちょうだいね」

一人ひとりシュウから紹介され挨拶しながら、待機する人間も様々だということを知った。専業でボーイをやっている者もいれば、学生、フリーター、フリーランスもいた。夜や休日にはサラリーマンも待機するらしい。シュウはこの店の一番の古株で、開店当時からここにいると教えられた。

「大体メインはこの面子(めんつ)と、あと五、六人くらいかしら？」

「全体的に……顔面レベルがめちゃくちゃ高いです」

「そりゃあね」

見た目の保障は店の信用のひとつであり、特にうちは見た目レベルが高いのがウリ、というのがシュウの弁だ。こんな美形がカンストしてる空間に自分が入ったらつまみだされないだろうか。

『ただこの店で一、二を争う美形ってのがオーナーと店長ってのは、皮肉だけどね。反則だわ、なにあの天然の顔面国宝たち」

思うところがあるらしく、シュウが肩をすくめた。

「アタシは受付に戻るから、なんかわかんないことあったら周りに聞きなさい。あんたたちもユウに聞かれたら教えてあげて」

そう言って消えたシュウと入れ違いに寛貴が待機所に現れた。定期連絡らしい。ふと周囲に軽い緊張感が走った。

「京耶(きょうや)くん十三時から一時間半の基本コース、すぐだがいけるか？　涼(りょう)くん二十時から・晩でいつもの人だ。昨日から予約の入ってる奴はそろそろルームで準備しとけ。それと悠」

「は、はいっ」

その場に居た全員の視線がすうっと悠に集まった。

「お前にも予約が入った。源氏名の希望を聞きそびれたからこちらで適当につけた。『ハルカ』だ。覚えておけ」

「はるか」

悠を訓読みにしたものだというのはすぐにわかった。呼ばれたらすぐに返事ができるように何度も頭の中で繰り返す。

「NG多めにしておいたが無理なことを要求されたら言え」

「わかりました」

NGってなんだろう。縛られて吊るされたりとか？　頷く悠を、寛貴が不意にまっすぐ見つめた。

「やめるなら今が最後のチャンスだぞ？」

「やめません」

食い気味に返事をしたのは半ば意地だ。

「……そうか。では準備をしておけ。三十分後だ」

睨みあげる悠に、寛貴がふと目を細める。

「客にはその威嚇（いかく）する子猫みたいな態度はやめておくんだな」

「っ、こねこ⁉」

「Sっ気を煽って大怪我するかもしれないぞ？」

ゆっくり、背を向けながら微笑んだ。

「笑った……」

「……あの寛貴さんが」

寛貴が廊下に消えると、空気がざわついた。その場にいた青年達が、恐る恐る口々に悠に話しかける。あんた寛貴さんの何なの？　親戚？　なわけないよな？

「きょ、今日初めて会ったばっかりです！」

寛貴がからかってくる理由なんてこっちが聞きたいくらいだ。けれどおかげで初対面のはずのボーイ達と一気に距離が縮まったのは、嬉しい予想外だった。

プレイルームは、店の内装と同じくシンプルだった。ビニール張りの床、小さな部屋に大きめのベッドが一つ、その向こうに小さなシャワールームが備え付けてある。

「入り口のドアにガラス窓ついてるけど、タオルかけて隠して。お客さんの服をかけるハンガーはここ、ローションはここ、コンドームはここにある。生でフェラはしちゃダメ。必ずゴム使って。これ、電話。受話器とったらすぐに事務所につながる。寛貴さん、店長兼ボディガードだから、何かトラブルあったらすぐ連絡しろよ。悠も男だけど、でかいマッチョに殴られたらやばいでしょ？　この業界マッチョ多いからさ」

涼というマッチョ系黒髪のボーイが付き添って流れを教えてくれた。うまくいくだろうか？　湧き上がる不安をなんとか気合いで振り切り、ぐっと手を握りしめる。

接客ならコンビニでもやってるし、高校時代はハンバーガーショップの店員もやった。大丈夫大丈夫。

知らない男の身体をまさぐるのも股間をしゃぶるのも、お金のため。そして可愛いミュウのためだと思えばやっていける。と思う。

「ミュウ、パパ頑張るからね」

決意を固めながら客の入室を待っていると、ドアががちゃりと動いて飛び上がりそうになった。

「は、はじめまして、ハルカです、きょう、今日はよろしくお願いします！」

「ハルカくん？　うわあ、写真よりかわいいなあ」

ぴょこりと頭を下げると、初めてなんだって？　初々(ういうい)しいなあ、と頭の上からねっとりとした声がかけられた。

「早速なんだけど、俺の全身くまなく舐めまくって欲しいんだ」

悠に丁寧に身体を洗われた客は、さっさとバスローブを脱いでベッドに横になる。シャワーを浴びている時からギンギンになっていた性器が、にょっきり生えている。

「舐め、る」

「うんそう。時間いっぱい使って、ハルカくんのかわいいベロで俺の身体の隅々まで舐めまくって」

「隅々まで……」

甘えるような、それでいて妙にギラギラした目で『ハルカ』を眺めまわす。悠も彼の全身を眺め返す。男はラグビー選手のように筋骨隆々で、背も高い。

つまり表面積が広い。

悠の初仕事は、口の中がカッピカピになって終わった。


良かった、お金が手に入った！　良かった！　これでなんとかなる！

店からの帰路。初仕事の後、再び封筒を渡された。嬉しさが抑えられず、最寄り駅から弾丸のように走り出してしまった。すれ違う人から不審げに振り向かれたが知るものか。

息を切らしながらミュウの入院する動物病院を訪れると、まだ保育器のような箱の中で横たわっていた。その姿は初めて見た時よりも更に小さく見えたけど、「絶対元気にします」という医者の言葉に元気づけられた。

アパートに戻る前に、大家のところへ向かって家賃を手渡した。これで滞ってた支払いが終わり、寛貴に感謝をしつつ自分の部屋へと戻った。

築五十年以上の安アパートの一階にある悠の部屋は道路に面していて騒音も大きいが、住めば都という言葉通りそこそこ気に入っている。六畳一間の畳敷きの部屋。畳も壁紙もだいぶ古ぼけているけど、知り合いから安く手に入れたソファベッドとラグを敷いて木製の小さなテーブルを置けば、そんなに見栄えは悪くない。窓を開け、家を出る前の鬱々とした空気を追い出すと気分がいい。

「とんでもない日だったな」

濃い一日だった。先輩に紹介されたバイトはやっぱり怪しいものだった。男に性を売るなんて、想像すらしたことがないことを今日一日でやってのけてしまった。

それに、普通に生活をしていたら絶対に出会うことのなかった人たち。特に、寛貴や晶良のような人間には今後も出会えるとは思えない。

「う……」

寛貴との行為を思い出す。めちゃくちゃにされた。してもらった。他人の性器を口にして、喉を犯されるのが気持ちいいなんて初めて知った。嫌じゃないどころか最高だった。

寛貴の精の味とにおいがよみがえる。決して美味しくはなかったはずのそれは淫靡(いんび)な記憶と結びついて熱い吐息を生む。

あの後、客のモノにも触れたけれど、寛貴のものとは比べ物にならなかった。

フェラでこんなことになるなら、セックスしたらどうなってしまうんだろう？　だけど、あの人はボーイに手を出さないらしいじゃないか。口に突っ込まれた後、こっちが驚くほど謝られたのはアレが相当イレギュラーな行為だったからなのだ。

それに寛貴は「客とのセックスに快感は期待できない」と言っていた。妄想だけで暴走していた頭と身体が少し冷静になる。

けど、晶良となら？

「そういえばシュウさん、晶良さんとのセックスはすんごい、って言ってたな」

晶良を思い出す。あんなに綺麗な男とセックスできたら一生の思い出になりそうだ。でも、「凄い」ってどういうことだろう。全く想像ができない。

今日起きたことのインパクトが強すぎて、頭の中がやらしいことでいっぱいになってしまう。性欲は強い方じゃないと思っていたのに、完全に性欲にのまれてしまっている。

「うう、なにこれ、辛い……」

知らなかった強い性衝動を制御できずに持て余す。身体を丸めて畳にうずくまっていると、ドアをノックする音が聞こえた。

「はーい……あれ、大家さん？　こんばんは、どうしました？」

一気に現実に戻された。ドアを開けると、つるりとした頭を申し訳なさそうにさすりながら立つ大家の姿があったのだ。渡した家賃が足りなかったのかと慌てていると、そうじゃねえんだ、と首を振る。

なんだろう？　悠が戸惑っていると、大家は何やら神妙な顔で話し始めた。

「実は、このアパートを取り壊すことにしたんだ」


深夜二時のコンビニバイト中、店内に誰もいないのをいいことに、悠はバックヤードで座り込んで盛大なため息をついた。

「参ったなあ」

規制が変わってこのアパートに問題があることになってしまったらしい。

今あのアパートに住んでいるのは悠と大家のみだ。大家はもう息子夫婦のところに世話になることが決まっていて、悠を説得すればあとは色々スムーズに進むだろうことが想像できる。猫を飼いたいと伝えた時に全く難色を示さなかったが、あの頃から決まっていた事だったのかもしれない。

　大家が新しいアパートを探してくれるらしいし、引っ越し費用を負担してくれるとも言ってくれた。けど、ペット可のアパートの家賃なんてここよりは絶対に高いだろう。

　それに保証人の問題だってある。地元を出て行くとき、恨みがましそうに自分を見ていた母を思い出して首を振る。できれば母とはもう関わりたくない。とにかく問題が山積みだ。

　二ヶ月後の更新月に合わせて出て行ってもらえると助かる、と言われて目眩がした。でも大家には、お金がない時に家賃の支払いを待ってくれた以外にも、いろいろ世話になっていたから断腸（だんちょう）の思いで、申し出を受けた。受けてしまった。

　なのに先ほどこのコンビニに新人バイトが入ると言われた。今まで店長と悠だけで深夜を回していたから店長の負担が軽くなるのは喜ばしいが、出勤日が減らされてしまうのは確定だ。

　しかも悪いことは重なるもので、家庭教師のバイトもクビになってしまった。

『上司の息子さんを家庭教師に迎えてくれって言われちゃって……うちの子も悠くんに懐いてたんだけど、ごめんなさいね』

　このタイミングで⁉　と電話に向かって叫びそうになった。言ってもよかったのかもしれないが、言えるわけがない。

お金のあてはひとつしかない。寛貴は「やめておけ」と言ったけど、くそくらえだ。

「ああ……」

ため息をつくと幸せが逃げるらしい。きっとこのバックヤードは逃げた幸せでいっぱいだろう。

生産性もなくただうずくまっているのにも嫌気がさし、備品チェックでもしようとのろのろと立ち上がると同時に入店音が鳴り響いた。ああ、仕事だ。

ROSE BUDで働くようになって一週間。

ミュウの容体が落ち着いたので、病院から引き取って一緒に暮らしはじめた。

ミュウと一緒に生活するのに必要なものを買い込み、本やネットを駆使（くし）してしつける。色々苦労はあったが、穏やかで人懐っこい性格のミュウとの生活は楽しいものだった。

今の悠の頼みの綱はROSE BUDだ。右も左も分からないままこの世界に飛び込んだけれど、意外となんとかなるものだった。運が悪いことが続いた反動なのか、今のところ無理を言わない、清潔にしている、礼儀正しい客ばかりだ。ギラつく様子に初めこそ驚いたが、だいぶ慣れた。

仕事が楽しいかどうかはわからない。ただ他人の男性器に触れると、どうしても寛貴との出来事を思い出してしまっていた。ドキドキして、ゾクゾクする。あの興奮を超えるようなモノにはまだ出会っていない。

店のボーイ達も、色んな個性がありつつもみんな親切だから居心地がいい。シュウ曰（いわ）く、クソ真面目な寛貴のやり方と合わない人間はすぐ辞めるので自然と選別されるらしい。

学食で昼食を取っていると、珍しく店から電話がかかってきた。出勤は何時になるかと聞かれたのは初めてだ。

『オーナーが来る。会ったことはあると思うが』

「晶良さんですよね、初日にお会いしました、あの、天使みたいな人」

『俺の知ってる天使と悠の言ってる天使はずいぶん違うようだが、まあいい。悠を指名したいらしい。夕方五時には来ると言っていたが、悠の予定はどうだ？』

「大丈夫です！」

悠がROSE BUDに行く楽しみの一つは寛貴に会うことで、もう一つは晶良に会えるかもしれないことだ。今日こそ会える。早めに行こう。明日提出予定のレポートは、店の待機所で仕上げよう。ウキウキしながら、悠は弁当に入れたもやしを頬張った。


「引っ越し資金貯めるため？　悠くんも苦労してんのね」

「俺は自分の店持ちたいから金貯めてんだけど、すぐ使っちゃうんだよなあ」

「それ。あると使っちゃうのよねえ」

「あはは、ペット可で保証人のいらない安い物件知ってたら教えてください。いいところなかなか見つからなくて……」

「あっは！　アタシらに聞くより不動産屋回ったほうが早いわよ」

ボーイ達と楽しく喋りながらもレポートを完成させたタイミングで、待機所に寛貴が現れた。「ご指名客」が到着したらしい。

丁寧にシャワーを浴び、ペラペラのバスローブを着る。緊張しながら事務所の扉を開けると、見覚えのある金髪が振り向いた。晶良だ。途端に気持ちが浮き立つ。

「悠！」

花が咲いたような笑顔は記憶の中の晶良よりもずっと華やかで、かっこいい。

「晶良、さん、先日は失礼しました、オーナーって知らなくて」

「気にしないで。悠、会えて嬉しいな」

片手で頬を包まれた。ああ、いい匂い。鼻をくすぐる甘くて柔らかい匂いをこっそり胸いっぱいに吸い込む。ドキドキして、手がじんわりと汗をかく。

「あの、俺も、会えて、嬉し……」

「寛貴、部屋の鍵ちょうだい。三号室がいいなあ。この子まだ処女？」

「ここ以外でセックスしてなければ処女だ。オプションはほぼＮＧにしてあるしな。ＮＧが多い方がフレッシュだと思うらしい客に人気だ」

「あっは！　そしたら、この子の初めて僕がもらうね」

ね？　と微笑まれて反射的に笑顔で頷いてしまったが、悠は二人の会話の意味を理解するのに、少々、いやけっこう時間がかかった。

セックス。抱かれる。今から。この人に。

これからの出来事を想像して血の気が下がった後、顔に血がのぼる。

「あ、晶良さんと寛貴さんって仲いいんですね」

そりゃあ処女を売ると約束したのだからいつかすると思ってたし、今までそういうことが全くなかったことの方がおかしかった。覚悟はできていたはずだけど、いざその時となると腰が引けてしまった。だめだだめだ。ぐっと両手に力を入れて気合いを入れ直す。

「幼馴染だよ。近所に住んでたんだ。あの子のことならなんでも知ってるよ。知りたい？」

プレイルームに入ると、座って座って、と晶良は悠をベッドに座らせた。自分も隣に座って、悠の腰に手を回す。にこりと微笑まれ、つられてへにゃりと笑う。一気に気が抜けてしまった。笑顔の魔法だ。

「あの子のチンポが剥けたのは小学校の頃で、近所の子が公園の砂場に掘った落とし穴に落っこちた拍子にズル剥けたんだよね。『ちんこの皮取れちゃって痛い』って泣きながら見せてくれたからよーく覚えてるなあ」

「それは……」

聞いちゃまずかったんじゃないだろうか。笑顔がこわばって中途半端な表情になってしまった。

「寛貴さんと同級生なんですか？」

どう見ても寛貴はアラサーで、晶良の方が年下だ。なのに晶良が寛貴を「あの子」と呼ぶのはどういうことだろう？　いくら晶良が上司だからといっても、「あの子」という呼び方は特殊だ。

「えっやだな、僕のほうが上だよ？　僕その時高校生だったもん」

「は？」

つまり三十そこそこということだろうか？　にっこりと微笑んだその顔は『美少年』という言葉が似合う。思わず顔を近づけてまじまじと見てしまう。

「お、お若いですね……」

「努力とお金の賜物かな。美容は趣味だよ」

ぽかんとしていると頬にキスをされた。軽く触れた唇の感触にドキドキする。

「寛貴のこと気になる？」

「え？」

「あの子フリーだけど変態だよ」

「へんた」

い、と言い終わる前に、肩を掴まれてベッドにどさりと押し倒された。

「目の前に僕がいるのに寛貴の話？」

微笑む声はあくまで甘くて柔らかい。けれど知らず口をつぐんでしまった。見下ろす視線が、表情が、身体の奥から動きを封じたのだ。

「悠は今、僕の恋人なのに？　妬けちゃうな」

肩を掴む手は力強い男のそれで、悠の抵抗を許さない。

「悠、僕だけを見て」

強い視線にぞくりとする。支配者の微笑みだ。感じたことのないときめきが身体中に巡り始める。

天使みたいな顔の向こう側にこんな雄の表情を隠し持っているなんて。ずるい。心臓がひどい音をたてている。

「ねえ悠、寛貴にイラマしたって？　しかもあの部屋で。あの朴念仁、どんだけ誘われたってなびかなかったのに」

晶良の顔がゆっくり近づいてきた。

「僕ともっとすごいことしよう？　覗いてる変態に見せつけてあげようよ」

「覗いて……？」

吐息が唇にかかる。囁く声はあくまで品がいい。なのにこれから起きるいかがわしいことへの期待をどうしたって高まらせる。

悠は、晶良のモノを想像する。この、きれいな人のモノを見て、触れて、イかせる。想像したら、悠自身に一気に血が集まってきた。

「ん……」

下唇に晶良の唇の感触。キスをされたのだ。

悠の人生で初めてのキス。柔らかい感触にびっくりする。皮膚の薄いところを柔らかいものでゆるゆると刺激されるのはひどく心地よく、すぐに夢中になってしまった。

リップ音を立ててそれが離れると、綺麗な顔が花のように綻んだ。

「かわいい、悠。ちょっとエッチな顔になってる。おいしそう」

「かわいい」なんて褒め言葉は小学校で卒業した。けれど晶良から与えられる「かわいい」は麻薬のようで、もっと言って欲しくなる。晶良を喜ばせたくて、喜んで「かわいい」になろうとしている自分がいる。

「シャワー浴びよっか」

もっと、と求めようとしたところで、ひょいと晶良が身体を起こす。

「あ……」

中途半端に火のついた身体を放り出されてもどかしい。だけど、熱に浮かされた頭で頷いた。

これからもっと、すごいことをする。

胸の奥が、期待で甘く疼いた。

攻める方が好きだから悠は気持ちよくなってくれるだけでいいよ。

全裸になった悠を後ろ抱きにした晶良が、耳朶に舌を這わせながら囁く。

「声抑えなくていいからね。気持ちよかったらいっぱい声だして」

腹から胸を撫で上げる指の動きに悠の肌がそわりと粟立つ。

「ん、ん」

「はい、口あけて」

口の中に晶良の指がねじ込まれる。なぜだろう、優しくない動きなのに、この綺麗な人に弄ばれるのがなぜか嬉しい。

「んあ」

二本の指で舌を挟まれる。

「あったかくてやわらかくて気持ちいい。この舌であいつのチンポしゃぶったの？　羨ましいな」

指が口蓋をぬるりと撫で上げる。頭の奥に響くような快感に、悠の吐息の温度が上がる。

「舐めて……そうそう、気持ちいい。だめ、唾液は飲み込まないで。……そう、吸って、うん、あは、かわいい」

顎のあたりはこぼれた唾液でびしょびしょだ。晶良が指を何度か出し入れする。その動きはフェラチオを連想させた。

「ああ……ぐっちょぐちょ。これチンポ入れたら絶対気持ちいい……」

うっとりする晶良の声を聞きながら、自分の口の気持ちいいところを、突っ込まれた性器でぐりぐりされるのを想像して、屹立した悠の性器が更に硬さを増した。

「ん、……っく」

晶良のもう片方の手が胸をまさぐってくる。女のような膨らみがないそこに触れられてもどうということはなかったはずなのに、メスみたいな扱いは不快なはずなのに、晶良の揉みしだく動きがいやらしくて悠をその気にさせる。

「あ」

きゅう、と乳輪を二本の指で挟まれた。

「おっぱいちっちゃくてかわいいね。開発しがいがあるなあ」

「ん、ふあっ」

くにくにと指先で優しく弄ばれて声が漏れる。

「声かわいい。おっぱい気持ちいいんだ？」

口から晶良の指が離れると唾液が糸を引いた。こくこくと頷いた拍子にだらりと涎が垂れる。

「ふふ、いいこ」

唾液でぬるついた指でもう一方の乳首も摘まみ上げられると、もどかしい快感が拡がる。身をよじると、腰に晶良の熱い塊が触れた。晶良も興奮しているのだ。

魅力的な男に欲しがられて有頂天になる。もっと欲しがってほしくて、上目遣いで見つめた。

「なあに？」

「なめる、晶良さんの、俺」

「あとでね。僕のすることに気持ちよくなるのも大事な仕事だよ。だから集中して？」

伸ばした手をやんわりと握り返された。頬にキスする晶良の微笑は無邪気だ。

見惚れながら悠が頷くと、体重をかけられて仰向けになった。

「んッ」

舌が乳首に触れる。感じることを覚えてしまったそこは、晶良の刺激を甘く受け取る。

「ちっちゃいのに気持ちいいんだね」

「あっ、ん」

音を立てながら、右と左と丁寧にしゃぶられる。知らなかった快感に陶然とした。晶良のすること、何もかもが気持ちいい。太腿を上から下に辿り、膝裏をくすぐり、内腿を撫でまわす淫猥な指先に、どんどん思考が奪われる。

気持ちいい。気持ちいいけど、もっと。そこじゃなくて。もっと気持ちよくなれるところが、せつない。さわってほしい。

悠の下半身が揺れ動く。どこかにこすりつけたいのに、晶良は器用にそれを避ける。自分の手を伸ばそうとしても、優雅な動きで止められてしまう。

「さわっ、て」

たまらなくなって呟いてしまった。自分の声じゃないみたいに掠れている。

「んー？　なあに？」

ぺろ、と唇を舐められた。クスクスと笑う晶良はきっと全部わかっている。刺激が欲しくてもどかしくて、悠は晶良の顔を引き寄せて唇にかぶりつく。舌をたくさん絡ませて、もどかしさを主張する。

「さわって、さわりたい、ちんちんこすって、晶良さん、おねがい」

晶良が一瞬、目を見開いた気がする。わからない。

「もっと気持ちいいのほしい、あきらさん、ねえ」

「あっは……凄いや、思った以上だ。めちゃくちゃかわいい」

「あき、ら、さん、ちんちんしごいてイきたい、もお」

「いいよ、でもイくのはもうちょっとあとでね。最高に気持ちよくイかせてあげるから我慢して？」

悠の濡れた睫毛に唇で触れる。ね？　と見つめられると、悠の瞳は想像した欲にとろんと蕩けてしまう。何度も頷くと細い髪が散る。晶良が優しい仕草で濡れた口元に貼りついた髪を払うと、見せてごらん、と囁いた。

「エッチなところ、僕に見せて」

悠は戸惑うことなく、後ろ手で身体を支えて、膝を立てると脚を拡げた。

「もっと拡げて見せて。前も後ろも全部」

真っ白で滑らかな太腿の中央で反り返って主張するそれは、血管を浮かせてびくびくと脈打っている。半分皮を被った先端は真っ赤に熟れていて、透明な汁を幾筋も垂れ流している。

晶良は楽しそうに、悠のそれの根元から先端近くまで中指の腹でそっと撫で上げた。

「んっ」

指は皮のふちまでたどり着くと、先端の露出したところを、ぬるぬると軽くくじる。ゆるい刺激が歯がゆくて、腰を浮かす。

「そんな、もっと、晶良さん」

「かわいいねえ、悠のクリちゃん。悠、腰浮いちゃってるよ。気持ちいい？」

増やした人差し指と中指の段差で、遊ぶように悠の先端ばかりをくすぐりながら、晶良はクスクス笑い声を立てる。

「ク、……！　ちが、う、おれの、」

「クリトリスだよ、皮も被ってるし。だからまだ出しちゃだめだよ？　クリトリスは射精しないんだから」

ね？　と微笑んで、見せつけるようにカウパーまみれの指先を舐める。

「おいしい」

「……っ」

わざと舌を伸ばして見せて、指のぬるつきをすべて舐めとる。フェラチオを想像させる動きに、知らず喉が鳴った。

「ねえ悠。これはクリトリスだよ。いい？」

はやくしゃぶって。気持ちよくして。晶良の言葉に悠はこくこくと何度も頷く。

「これが悠のクリちゃんだとすると」

晶良は再び悠自身に指を伸ばす。茎を撫でた指が陰嚢を辿り、会陰を柔らかく刺激する。

「ここは、なあに？」

「うわっ」

会陰より更に奥、窄まっているそこに、とん、と触れた。

「考えて？」

考えて、と言われても、悠にとっては排泄器官でしかない。でもそれは晶良の求める答えじゃないことはわかる。どうしよう？　わからない。頭がちっとも回らない。あ、あ、と言葉にならない声ばかりこぼれてしまう。

じわりじわりと皺を伸ばすように指先が動く。そこが段々と柔らかくなっていることに、悠は気が付かない。

「まんこでしょ、悠の処女まんこ」

「ちっ！　違ッ」

驚く悠の唇を唇で塞いで、否定の言葉を言わせない。晶良から逃れようとしたのも束の間、悠はすぐに与えられるキスに耽ってしまう。

「ふ……っ」

吸ったりしゃぶったり、わざと水音を立てる下品なキスだ。下半身に直結するキスの刺激は、思考を奪って身体じゅうを熱くする。いつの間にか仰向けにベッドに横たわっていた。

「指、入ってるのわかる？」

囁かれて、下半身の異物感に驚いた。

「ほら、二本も」

「う、そっ……」

「あは、きゅって締まった。悠のナカ、あったかくて気持ちいい」

「あっ、あ、あ」

「怖い？　怖かったらやめるよ。悠の嫌なことはしたくない。気持ちいいことだけしてあげたいから、言ってね」

混乱する悠の頬を撫でてなだめる晶良の声はひたすら優しい。

「わ、からない」

「気持ち悪い？」

緊張気味の悠に、無理しちゃだめだよ、と囁いて髪を梳いた直後。

「あ」

ぬるぬる、と異物が出入りする違和感。

「お、ああ、あああ」

「ここ、すごく気持ちよくなるんだよ。悠がそうなったら嬉しいなあ……うふふ、すっごいうちがわ動いてる」

再び指が付け根まで挿入されて、入り口あたりをぐにぐにと押し拡げる動きをする。

「うれ、しい？　あきらさん、うれしい？」

「嬉しいよ。悠が気持ちいいことが僕も気持ちいいんだから。だけど、焦らなくていいからね。ゆっくり、ゆっくりしようね」

にこりと微笑んだ晶良に、悠は小さく「うん」と答えた。

「もう一本指入れるよ。お腹に力入れて。入れやすくなるからね。平気？」

「へい、き」

晶良は深呼吸を何度も促してから、ゆっくり指を三本挿入する。

「そう、上手上手。初めてなのに上手だね、そう、そう、ゆっくり息吸って、吐いて。こわくないよ」

「へ、へんな、かんじ」

「変？　苦しくない？」

「なにこれ、あ、う、……っふ」

「どんな感じ？」

「へん、これ、はずかし、い、へん、ああ、あ」

「悠、上手だよ。嬉しい、そのうちもっと気持ちよくなるからね」

粘膜を傷めないようにか、晶良は少しでも滑りが悪くなったら粘度の高いローションをつぎ足す。

「ここ、どう?」

入り口から少し入ったところを晶良が、とん、と刺激する。

「ひゃ」

「ここ、イイ?」

悠は答えられない。けれど身体が勝手にナカの指をきゅんと締め付けた。

気持ちいいんだ。もう? すごいね、えらいね、じょうず。囁きながら、ご褒美のようにキスが与えられる。甘くて、頭の芯が蕩けるようなキスだ。

「ん、っ……」

感じるようになった乳首にも、触れられて悠の腰がもじもじと揺れる。

「ああ……なにこれ、あっ、あん、あっ、へん、あきらさん、これ」

「変じゃないよ、気持ちいい、だよ。ね? ああ……もういいかな」

柔らかさを確認するように指が内側をぐるりと回って、ひゃん、と声が漏れる。悠の手を、晶良が自身に導いて握らせた。

「悠見てたらすっごく大きくなっちゃった。悠エッチなんだもん。ねえこれ、悠に挿れたい。いい?」

あくまで優しく。悠の目を見下ろして、晶良は無邪気に微笑んだ。

断られるとは思っていない微笑みだった。

「この体勢平気？」

「へいき……です。は……はずかしい……」

悠の腰の下に枕を置き、角度を調節しながら腰を高く上げさせる。監視カメラからよく見える位置だ。無理のかかる体勢なのだが悠の身体は思いの外柔らかく、苦しそうな様子はない。

どうやら、悠はＭっ気が強い。思い込みが激しいというのも寛貴から聞いた。

「あはは、悠、ぜーんぶ見えちゃってる。最高にエロい。このアングルさいっこう。わかるかな、あそこに監視カメラあるんだよ。いっぱい見せてあげちゃって」

やだ、恥ずかしい、と言う割に、頬を上気させて晶良を見る悠の目は甘い欲に潤んでいる。見られるのに興奮する質なのだろう。その証拠に興奮した悠の男性器は先走りを自分の腹の上に垂れ流す。

やっぱりそうだ。嗜虐的な言葉にも反応がいい。エロくて想像力豊かな子は育て甲斐があるんだよね。晶良はひっそりほくそ笑んだ。

「かわいい」

滑らかな内腿の感触を手のひらで味わって、先ほどから物欲しそうにひくつく孔を指で押し拡げる。くち、と音を立てて拡がるそこから、先ほど晶良が仕込んだローションが溢れてきた。

「わあ、悠のアナルまんこエッチ。処女なのに、チンポ欲しがって涎垂らしてヒクヒクしてる」

「や、見ないで……」

「欲しがってくれるの嬉しいよ。いっぱい可愛がってあげたくなる」

にこりと笑うと、悠が恥ずかしそうに目を伏せた。きゅう、と孔が収縮する。

晶良は抜いた指をぺろりと舐めると、自身を悠のそこにひたりと当てる。

「んっ」

すぐには挿入せず、ぬるぬるとローションを塗りつけるように性器を押し付ける。遊ぶようにぬるりと会陰を刺激すると、あん、という甘い声が悠から漏れた。

「素股するときってここでチンポごしごしするんだよ。ここ気持ちいいよねぇ」

晶良の言葉に悠がうっとりと頷く。

顔が可愛いだけで、色気もないつまらないセックスするタイプだと思ってた。全然違う。

欲望に素直で、貪欲だ。悠の本当の良さは触ってみないとわからないらしい。

悠の、蕩けた顔が可愛くてたまらない。欲しがられるままますぐに挿入してあげたくなるが、もっと焦らしてもっとぐずぐずにしてやりたくもある。

晶良の動きが、会陰の奥にある前立腺を刺激するものだというのは知らないのだろう。与えられる切なさに、後ろの孔が震えるようにちゅくちゅくと雄に吸い付いてくる。

「あき、あきらさん、もう、も、う」

苦しそうに、悠の欲に震えた瞳が見上げてくる。

まるで淫らな小動物だ。可愛らしい「お願い」に、気まぐれな晶良が笑いながら頷いた。

「欲しい？　欲しいよね。まんここんなにあっつくしてるもんね。いいよ」

一緒に気持ちよくなろう？　そう囁いて、ひたりとそこに晶良は圧をかけた。

「あっ、あっ、くる、あ」

ゆっくり、入り口を押し拡げながら侵入する。内側はすごく熱かった。

「ん……ふ、っ、辛かったら……って平気みたいだね」

「あっ、なに、これ、あっ、あ、あ、あ、あきらさ、ん」

指よりもずっと大きな質量なのに、悠は素直に飲み込んでいく。けれど初めての挿入はきつく、それがかえって晶良の征服感を満たす。

「あんっ、あ、は、あっ」

「ん……っふ」

きついくせに嬉しそうにうごめく内壁はローションでたっぷりぬめっていて、とんでもなく気持ちがよくて思わず声が漏れた。

「き、もちいい、いい、あきらさん、あきら、あき、ああん」

悠が痛みを覚えないように注意深く観察しながら、晶良は角度を調節する。激しく抜き差ししたいのをこらえながら、腰と下半身を使って、先ほど見つけて感じやすくした悠のイイところをカリで刺激する。

「悠……いいよ、すごくっ……、すごいね悠、おりこうさん」

「あっあ、あきらさん、あきらさん、ん、っ」

悠が手を伸ばして晶良を求めてくる。与える快感を身体ぜんぶで受け止めて感じてくれる様子が、たまらなく愛しく感じる。この瞬間だけでなく、ずっと自分だけのものにしたい。

「かわいい、悠かわいい、いっぱい気持ちよくなって」

舌を伸ばしてキスをせがまれ、覆いかぶさってキスをする。必死にしがみついてくる悠に、優越感が湧き上がって舞い上がる。我慢できなくなって、揺らす動きを抽送に変える。

「あ、ああ、なにこれ、へん、へん、なんか、へん、こわい、あ、あ、あああ」

「イきそう？　イきそうなの悠？　すごいね、いいよ、こわくない、大丈夫、力抜いて、イっちゃうとこ見せてあげて」

ちらりとカメラの位置を確認する。きっと監視カメラの向こう側で見ているあの男に向かって、悠と激しく繋がる様子を見せつける。

油断すると自分だけの快感を追いそうになる。悠の身体はもっともっと欲しがるのに、きつくて根元まで入れられないのがもどかしい。

「可愛いよ、僕をいっぱい感じて、気持ちいいね」

悠が泣きながら夢中で自分の名前を呼んでいる。打算も何もなくすべてを投げ出して求めてくる純粋さにめまいがする。愛しい気持ちがあふれ出した。

「あん、あん、あっ、だめ、あきらさん、くる、くる、あ、あ、あああああああ!!」

晶良の背に悠の爪が食い込む。押し寄せる快楽に抵抗できず悠が背を弓なりに反らす。内側が性器をぎゅうと絞ってくる動きが、最後の理性を吹っ飛ばした。

「悠、ゆう、ふ、っ、……ッ!」

「あ、あああ!!」

瞬間、目の前に火花が散って頭が真っ白になる。晶良は、奥めがけて白い迸り(ほとばしり)を思い切り放つ。同時に、悠が身体じゅうを痙攣させながら、熱い欲望を吹きあげた。

初めてのセックスで身体をヨボヨボにさせながらもなんとかシャワーを浴びる。尻と股関節と内腿の違和感で歩き方がおかしい。なのに頭の中は収まらない興奮でやたらぎらついていて、自分自身をチューニングできない。今日はもう無理だ。これからコンビニのバイトもある。少し休んだらもう帰ろう。一日に何人も客を取っている先輩達が偉大に感じた。

私服に着替えてから、本日分を精算してもらおうと事務所に向かう。机に座る寛貴に声をかけるとぎょっとされた。

「フラフラじゃないか」

「だい、じょうぶ、です」

返事をした直後、晶良の言葉が頭をよぎって硬直した。

『あの変態、覗いてるよ』

どんなことをされてどんな風になってしまったのか、一部始終寛貴には知られているということだろうか。確認したくても恥ずかしさが上回って顔が見れなくなる。

そんな悠を労わるように応接室のソファを勧められる。座ると、寛貴が白い封筒に今日のギャラを入れて渡してくれた。

「無理させられたな」

「そん、そんな、こと、ないです。あの、慣れてないだけで、その、……寛貴さんは」

やっぱり見ていたんだろうか？　意を決して聞こうとしたところで、ばん、という大きな音が入り口から響いたかと思うと、晶良が悠に両手を拡げて飛びついてきた。

「ひゃ⁉」

「悠ぅ～、すっごくすごくよかった、大好きになっちゃった！」

ちゅっちゅと頬に額に何度もキスをし、頬ずりをされた。晶良の肌の感触と匂いは先ほどの行為を思い出させ、下半身に血が集まってくる。

「だ、だめですこんなところで、あっ……」

「晶良離れろ。悠はもう帰るところだ。それとも延長するか？」

「悠帰っちゃうの？　寂しいなあ。そうだ、コーヒー飲んでったら？」

「ほんとに、これからバイトなんです、もう帰ります」

「おい晶良引き止めるな」

悠がぺこりと頭を下げそそくさ立ち上がると同時に、晶良も立ち上がった。

「今度はもっとやらしいこと教えてあげる」

「晶良さん……」

耳元で囁いて、離れるほんの一瞬で悠の耳朶をぬるりと舐めた。

「あっ……！」

「晶良!!　お前はまたそういう……おい触るな！　撫で回すな！　キスするな！　悠も少しは抵抗しろ！」

晶良を無理やり引き剥がし、ふにゃけた悠の肩を抱くようにして従業員出入り口まで連れて行く。

「いいか、もしあいつに不本意なことをされたら遠慮なく言え。この店であいつに言えるのは俺くらいだからな」

「不本意なんて……けど、ありがとうございます」

肩を抱くのに他意はないと思うが、晶良と全く違う荒っぽくて力強い腕と男の匂いに、胸の奥がきゅうっとなって鼓動が早まる。もっとくっつきたい、強く抱きしめて欲しい、という身体からの言葉に、悠は驚く。

さっきまで晶良に欲情していたのに、自分はいつの間にこんなふしだらな身体になってしまったんだろう？

寛貴が重たい裏口の扉を開けると、とん、と悠を外に追いやった。離れた途端に寒さを感じる。なのに寛貴は悠と違ってなんの執着もなさそうだ。

「あ……の、寛貴さん」

「じゃあ悠、ゆっくり休め。どうした？」

「見て、たんですか？　さっきの、あ、晶良さんとの、その、……」

もじつきながらも意を決して尋ねた悠に、寛貴は一瞬だけ間を開けてすまなそうに答えた。

「見ていた。黙っていたことは謝る。嫌なら二度としない」

「あのっ、嫌って訳じゃ、だって、恥ずかしくて、あんなの、ひどい」

「嫌じゃないのか？」

「!!」

自分の発言に気づいて慌てて口をふさぐ悠に、寛貴が軽く吹き出した。取り乱しながら否定しようとしたが、目の前で扉がゆっくりと閉まる。

「すごく可愛かった」

ばたん、と扉が閉まる直前、囁くような寛貴の声が投げられて、消えた。

「な！　や、違いますからね!?　嫌です！　ほんとに、嫌ですからね!?　ほんとですよ!?」

頑丈な従業員出入り口の向こう側に悠の声は届かない。悠は寒さも忘れるほどの恥ずかしさで、その場にしばらくうずくまることになった。

「ええ、勿体ない。悠、絶対人気出るよ？　可愛いし真面目だしスケベだし感度いいし、初めてでアナルでイっちゃうなんて相当な才能。処女なのにまんこみたいで具合も最高とか奇跡だよ。寛貴のお給料も上がるよ？」

「だめだ。絶対、だめだ！」

悠がROSE BUDを去った後、寛貴と晶良は軽い口論になった。

晶良は寛貴を応接スペースのソファに座らせ、自分はその背もたれに軽く腰かける。その姿が妙に様になっているのは、晶良の品の良さのせいか。

「なんでさ。あの子のNG減らそうよ。寛貴だって悠のスケベさにあてられてイラマチオしちゃったくせに」

「あれは事故だ。あいつは真面目で純粋だからあまり深く関わらせるべきじゃない」

「なあに綺麗事言ってるの。どうせ見てたんでしょ？　アレで」

アレで、と親指でぞんざいに指差した先は、衝立の向こう側だ。事務所のパソコンが鎮座している。

寛貴は整った眉を顰めてむっつりと黙り込む。

「監視カメラ、寛貴の趣味用につけたわけじゃなかったんだけどなあ。好きだよねえ、僕のセックス覗き見るの」

プレイルームには全室、事故防止のために監視カメラが備え付けられているが、店で知る者は少ない。いつでもパソコンから確認できるそれは、晶良が寛貴に見せつけるためによく使っている。特に三号室は映りが良く、いけないことだと思いつつもつい目がいってしまうのだ。

「悠可愛かったよねえ。エロかったよねえ。良く見えたでしょ？　楽しかった？　何回ヌいた？　寛貴、好みの子が目の前で抱かれてるの見るの興奮するんだもんね」

頭上から笑顔で容赦なく畳みかける晶良に、寛貴は不機嫌な声で返す。

「だからなんだ」

「あー、わかった、悠に『もう来るな』って言ってたの、覗いてヌいちゃうから？　あーあ、変態なのに根が常識人って生きるの大変だね」

「悠にはまっとうに暮らして欲しかっただけだ。それと俺の趣味にケチをつけるな」

「そうだね、覗きも寝取られ好きも変態ってほどじゃないかも。興奮するよね、覗き」

「誰にも迷惑はかけていない。お前みたいに下半身に節操（せっそう）がないよりはよほど……おい何する！」

なぜか晶良は嬉しそうに寛貴に手を伸ばして、癖のある黒髪に手を突っ込むとぐしゃぐしゃとかき回した。

「ちょっ……ふざけるな！」

晶良の手を雑に払いのけ、乱れた髪を手櫛（てぐし）で直しながら睨みつける。

「昔は僕よりちっちゃかったのにね。こんなにでっかくなっちゃって、ちっとも可愛くなくなっちゃった。僕が家に引っ張り込んだ子とセックスしてるとこ覗いて変な性癖ついちゃうしさ。いつもこっそり抜いてたよね。僕のせいだよなあ、ごめんね」

何も言わずただ睨みつける寛貴に構わず、晶良はソファから立ち上がると、足取りも軽く衝立の向こう側へ消えた。

「惚れちゃった？　あの子に」

投げられた晶良の言葉に、寛貴の視線が揺れた。

衝立の向こうからカチャカチャと音を立てながらコーヒーを入れている気配がする。

「寛貴が僕以外の人間を呼び捨てしてるの初めて聞いたもんね。びっくりしちゃった」

「っ、あれは」

「寛貴さあ」

晶良が、ひょいと衝立から顔を覗かせた。

「生身の人間でイったの生まれて初めてなんじゃないの。独占欲芽生えちゃった？　生意気だね、覗きでしかヌけない童貞のくせに。って童貞じゃないんだっけ？　小学生の頃、女子中学生の集団に、だっけ？」

「……」

戻ってきた晶良はコーヒーカップに砂糖とミルクを添えて寛貴の前に置く。下から寛貴を覗き見て、悪戯っぽく微笑むその表情はどうやったって憎めない。全部計算づくのあざとい表情だとわかっているのに、だ。

「覗きでしかイけないのって、他人とヤるのがだめになったからだよね。ああ、誤解しないで。僕はつまんないセックスする奴より、性癖が尖（とが）ってる奴のほうがずっと好きだよ」

晶良が白い指先で寛貴の頬にそろりと触れてきた。

不愉快すぎて叩き落としたが、何が楽しいのか笑いながらその場でカップを鷲掴（わしづか）み、コーヒーを飲む。行儀（ぎょうぎ）の悪いふるまいなのに、不思議なほど優雅で優美で魅力的だ。

「けど、あの子はあげられないなあ。僕も好きになっちゃったもん」

「何？」

「言ったじゃない、あんな子初めて会ったって。可愛くて真面目でエロくて、しかも本人に自覚がないとか興味が湧くよ。甘えたり甘やかしたりしてやりたいなあ」

くすくすと笑う晶良をいくら睨みつけても効果はないようで、しびれを切らした寛貴がゆらりと腰を上げる。

「おい、本気なのか」

「どうかな。ねえ寛貴、取引しようよ」

「取引だと？」

「寛貴の目の前であの子のこと抱いてあげる」

「っ、ふざ、けるな！」

カッとなって晶良の腕を掴みあげた。幼馴染だろうと上司だろうと、馬鹿にするにも限度がある。

「ああ、違うよ、嫌がらせじゃなくてさ。考えてよ、下手くそに抱かれてよがってる演技してる悠見たって興奮しないでしょ？」

「どういうことだ」

晶良が、掴まれていた腕を解いて肩を回す。

「ライバルじゃなくて共犯。寛貴は僕に抱かれて気持ちよくなってる悠を見られるし、僕は悔しがる寛貴の目の前で堂々と悠を抱ける。楽しそうでしょ？　どう？」

ぺろ、と唇を舐める様子は獲物を目の前にした爬虫類を連想させた。

「悪くないと思うよね？　僕の提案。悠も僕とのセックス気に入ってくれたみたいだし？」

都合がいいか悪いかで言えば都合がいい。けれど、これではまるで悠がおもちゃ扱いだ。

「悠の意思はどうなる。俺やお前の欲のはけ口になるなんて勝手すぎるだろう。お前は胸が痛まないのか？」

「あの子にはお金ってバックがあるじゃない。win-winでしょ」

「そういうことじゃない！」

加えて、ひたすら晶良の態度が気に入らない。今もだ。だがそんな寛貴をみて晶良は吹き出した。

「やけに優しいこと言うと思ったら、よっぽど悠のこと好きなんだねえ。ふふ、恋愛下手がセックスまで持っていけるか見守っててあげるよ」

「貴様……」

「お手手繋ぐところから始めたら？　その間、悠のことたくさん可愛がって開発しちゃうけどね。あの子、ほんとに気に入っちゃったんだ。僕の大事な人にも似ててさあ」

「大事な人？」

「気になる？　でも教えてあげない」

寛貴の神経を更に逆なでするように、晶良が顔を近づけて微笑んだ。

「いっぱい興奮させてあげる。悠も、寛貴も」

このお綺麗な顔を思い切りぶん殴ったらさぞ気持ちいいに違いない。きしむほど拳を握りしめる。だけどどうせまた簡単にかわされる。

「……いつか覚えてろ」

「わあ、ベタな負け惜しみ。で、お返事は？」

肺いっぱいに息を吸って、大きなため息をひとつ。この年上の幼馴染は、言い出したら手に負えないことを忘れていた。寛貴は諦めて、頷くことにした。

風俗店は人の入れ替わりが激しいが、一月経った今も悠はROSE BUDに出勤していた。

今日の講義が終わり、陽の傾いた夕暮れ、乾いた秋の空気の中、悠は小走りでキャンパスの外に向かっていた。

途中、付属図書館に寄ってレポート用に借りていた資料を一通り返し、ちょうど図書館にいた友人に貸していたノートを返してもらう。試験が近いのだ。

コンビニバイトはしばらく休み、予約が入った時だけROSE BUDへ向かう。今日もありがたく予約があったので向かっているところだ。

今のところ、店でトラブルに遭うことは少ない。けれど、悠にはひとつ悩みがあった。

悠についた常連客はまだ数人だが、人気は徐々に上がってきている。真面目で丁寧な接客と初々しさに加えて、男性器への愛と執着心がすさまじく、ほっとくとずっとしゃぶっているというギャップが評判らしいのだ。

そんな自分を自覚したのがつい最近で、整理できずにずっと頭を抱えている。

ある客に言われた言葉がふと蘇(よみがえ)る。

――ハルカちゃんはこんなに可愛い顔してるのにチンコ大好きないやらしい子だねえ。

うまくイかせられる訳でもないのに、チンコ狂いのチンコ好きだからこんな仕事してるんだろう？　いい仕事見つけたねえ。

「うう……」

客の、憐れみと嘲笑の混じった見下す視線が突き刺さった。金をくれる相手でなかったら殴っていたかもしれない。

だが一番腹が立ったのは、言われた言葉が的外れでもなかったことだ。

気づかなかったけど、自分でも知らなかったけど、演技でもなんでもなく、本当に見ず知らずの汚い男のモノにさえ興奮するのだ。

「病気なのかな、俺……」

見たいし触りたいし舐めたい。イかせたい。イかせた時の高揚感がたまらない。一緒にエクスタシーを感じる。ゴム越しじゃなくほんとはそのまま咥えたい。一度触ったら、もうそのことしか考えられなくなる。寛貴との出来事以来、悠の中のスイッチは入りっぱなしなのだ。

「わっ」

ひゅう、と冷たい風が髪を舞い上げて我に返った。

「だめだだめだ、こんなことばっかり考えちゃ」

ぱんぱん、と両手で頬を叩いて気持ちを入れ直す。

ムカつく客ばかりではないのだ。変わった客に当たることが多いが。

先日も「持参した道具を使いたい」という客がいたからいよいよとんでもなくいやらしい目に遭うのかと思ったら、身体の上でリッツパーティが行われるだけで終わった。平和だった。ただ、全裸で横たわっていたので身体が冷え切ってしまい、その日は仕事どころではなくなってしまった。

悠を指名する客は、バニラセックスばかりでキスすらしない、よくあるオプションさえ頼まないようなタイプしかいなくて客単価は低い。けれど指名客がじわじわと増えたお陰で、生活も少しだけ余裕が出てきた。まだまだ油断はできないけれど。

正門に向かって伸びる街路樹は秋の色に輝き、次の季節への準備を始めていた。ふと自分の足元に目をやれば、ぴかぴかのスニーカーがさくさくと落ち葉を踏みしめている。顔が勝手ににやけてくる。つい最近新調したそれは格安だったが、訳アリ品のためデザインも機能も悪くない。靴を新調するのはいつ振りだろう。悠の足取りは、いつもよりも軽やかだ。

けれど、ひと際強い秋風が落ち葉と髪を舞い上げ、寒さにきゅっと身体をこわばらせる。気持ちはぽかぽかでも、そろそろパーカーだけでは冷える季節だ。

「よお、悠」

浮かれた気持ちでいると突然、ねっとりした声が背後からかけられた。振り向くと、猫背気味の小柄な男が卑屈な笑みを浮かべてぽつりと立っていた。

「シミズ先輩」

高揚していた気分がすうっとさめる。

同じゼミのシミズは、悠をROSE BUDに売り飛ばそうとした男だ。あまり関わりたくなくて、頭を下げてさっさと離れようとしたら、小走りで近寄られて横に並ばれてしまった。

「つれねえなあ、年上は敬えよ」

「……すみません」

二年ほど留年しているシミズは、確かに悠よりも年上だ。彼はにたにたと笑いながら悠の身体にやたらと触れる。

「相変わらず貧乏くせえ格好だな。紹介してやったバイト行ったか？」

ぎくりとして思わず距離を取る。けれど無理やり肩を組まれる。いつ風呂に入ったのかわからないような臭いに具合が悪くなりそうだ。

「すみません、他のバイトが忙しくて行ってません。先輩、俺これから用事が」

「これ、お前だよな」

ぐ、と手の中のスマホを見せつけてきた。

「!!　……それ……っ」

呼吸が止まる。シミズのスマホに表示されていたのは目だけを隠した悠の半裸画像。ROSE BUDのウェブサイトだった。反射的に手を伸ばしたが、おっと、と避けられて身体ごとぶつかってしまった。

「うは、情熱的じゃねえか。こっち来いよ」

バレた。全身から血の気が引く。

やっぱそうか、なんで紹介料払って来ねえんだ？　と呟くシミズに腕を掴まれ、無理やり薄暗い自転車置き場の片隅へと引っ張られた。逃げようとしても掴まれた腕が痛くて振りほどけない。シミズは見た目よりもずっと力が強いらしい。

「今日あたり店に行ってやろうと思ったんだけどよ、ラッキーだったぜ。なあ悠、センパイに言うことあるんじゃねえの？」

粘着質な笑顔には下卑（げび）た欲がにじみ出ている。

「……だ、誰にも言わないでください……」

「そうじゃねえだろ、仕事紹介してやったセンパイに礼しろっつってんだ」

腰のラインをねっとりとした動きで触られ、ヒッと身をすくめてまぶたを強く閉じる。

「お……お金ならありません！」

「見りゃわかるよ。他に方法あるだろうが。なあ、……わかんだろ？」

「わか、わかりません！」

「やらせろっつってんだよ」

囁かれ、拒否感で全身がこわばった。

抵抗がないのをいいことに、シミズの太い指が悠の顎を掴んで上向かせる。眼前の男の目は欲にぎらついていて、何を考えているのか想像するだけで吐きそうだ。

「コレ見るとお前人気らしいじゃねえか。プロの技ってやつを味わってみてえなあ。な?」

恥じらいもなく勃起したシミズのモノが太ももに押し付けられ、怖気が走る。

「いや……いやで……す」

「嫌も何もねえだろ、筋は通せよ。誰のおかげでカネが入るようになったと思ってんだ?」

遠くから見たらただじゃれてるだけにしか見えないだろう。

こわい。どうしよう。助けを呼びたくてもどう叫べばいいのかわからない。恐怖と混乱で、頭と視界がぐるぐる回る。

するとだしぬけに尻ポケットから着信音が鳴った。シミズが大きく舌打ちをする。

「うるせえな、切れよ」

「す、すいません、あっ」

慌てて取り出した拍子に、受話ボタンをスライドしてしまった。

『もしもし? 悠?』

浮かんだ「ROSE BUD」の文字にハッとして、本能が縋りついた。スマホを耳に当てる。

「ひ、ひろき、さん!?」

『どうした悠、いつもなら店に来ている時間だろう？　何かあったか』

「あの……あ……」

声が掠れてうまく言葉にならない。遠くで四限の終わるチャイムの音が聞こえてきた。すっかり遅くなっていたのだ。

『悠、どうした』

受話器から流れる落ち着いた声に泣き出しそうになる。ひろきさん、たすけて、たすけて。電話に向かってそう叫んでしまえればまだ楽だっただろう。切ることすらできず凍りついて動けない。

「おい悠、切れっつってんだろ、貸せよ」

『悠？　今何を』

「っ！　やめてください先輩！」

シミズが伸ばしてきた手から逃れた拍子にスマホをとり落としてしまった。折り重なった枯葉の上に落ちたスマホを先に拾い上げたのはシミズの方だった。通話を切ろうとして、表示された発信元を見て声を上げて笑った。

「あっはっは！　お前がケツ売ってる店からじゃねえか！」

二本の指でぶら下げて見せつけたその画面はまだ通話中だ。瞬間、目の前がカッと赤くなる。

「うわっ⁉　何しやがる‼」

気づけば訳も分からず全身でシミズにぶつかっていた。勢いでスマホが吹っ飛んだが知るものか。ぎょっとしたシミズの顔に向かって、震えながら拳を振りかぶる。けれど殴りつけた拳はシミズの頭を掠めただけで何の効果も与えられない。すぐにシミズに手首を押さえつけられて動きを封じられた。

「何のつもりだてめえ！」

左頰に衝撃が走った。平手打ちをされた勢いでその場に尻もちをついてしまう。

「男に媚びて金稼いでるゴミだろうがよ‼　このクソビッチが‼」

もう一度、今度は頭を殴られる。倒れ込んだところを蹴られ、踏まれる。シミズの拳も蹴りも大して痛くはないが、暴力に慣れていない悠は本能で身体を丸め、殴る蹴るのされるがままだ。

「ひひ、怯えてる顔ってのはいいなあ」

肩で息をするシミズが、襟を掴んで顔を近づける。優越感にまみれた顔がにたりと笑った。

「今から俺んち来いよ。お前のケツでたっぷりサービスしてもらうぜ」

「な……⁉」

何度も首を横に振る。離れたところからこちらをちらちらと見る人影がいくつかあったが、悠を助ける人間はいない。

「や、やだ、やです、やだ」

震えながらシミズの手を振り払い、逃げ出そうとしたが足がもつれて失敗する。

「バラされたくねーんだよな？　逃げたらどうなるかわかってんだろうな？」

背中に投げられたシミズの言葉は、一瞬で悠の抵抗を奪った。

バラされる。大学にだけとは限らない。ネットを使えば世界中にだって知られてしまう。

想像してめまいがした。後ろ指を指されて生きていけるほど悠は強くない。

「せんぱい……」

嘘ですよね？　と一縷（いちる）の望みをかけて見上げたが、返ってきたのは変わらない欲望まみれの笑みだった。目の前が真っ暗になる。

ふらふらになった悠の肩に手を回して再び引き寄せ、シミズが囁いてきた。

「バラされたくなかったら俺の言うこと聞け。ひひひ、お前のことゼミ入ってきた時からヤリてえと思ってたんだ。こんな日がくるとはなあ。たまんねえな」

顔を舐めしゃぶられるのかと思った。不快感でいっぱいなのに動けない。さっきまであんなに輝いて見えていたはずの街路樹が嘘みたいに色をなくしている。

「安心しろよ、可愛がってやるからよ。ガンガン腰振ってお前のケツん中にたっぷり出してやる。もちろん生でな。嬉しいだろ？　おら、嬉しいって言えよ悠。あ？」

顎を掴まれ上向かされた。

「う、うれ、しい、で、す、っ」

吐き気がこみ上げた。

自分の未来に絶望しか見出せない。

「……で、電話、しないと、お店に。休むって……」

「掛けんなら俺にかわれよ。紹介料の支払いが遅すぎるって文句つけねーと」

枯葉の中からやっと見つけ出した悠のスマホの画面は待ち受け画面に戻っていた。表面は衝撃ですっかりひび割れている。

これからどうなるんだろう。男に身体を売って、この男の奴隷になって……？

バキバキでみすぼらしい姿になったスマホと、未来の自分の姿が重なった。

うまく動かない指で操作しようとすると、画面が見たことのない番号を浮かべて光った。

「……もしもし？」

『悠か？　俺だ。寛貴だ。今どこだ？』

聞き慣れた低音に、悠は一気に体温を取り戻した。

『まだ大学の敷地内か？　どこにいる』

「あ……」

『正門から入って右か？　左か？』

「ひだ、ひだり、です、えっ？　ええと、これ、ここ、自転車置き場……？」

まさか、そんな、でももしかして？

気づけば顔をあげてあたりを見回していた。

寛貴さん？　寛貴さん、寛貴さん！

「た、たす、助けて!!」

パアン、と勢いよく頬を平手打ちされ、再びスマホが落ちる。

「っこのビッチが！　余計なことすんじゃねえよ！　あ!?」

髪を掴んで引っ張り上げられ、痛みとともにぶちぶち、といやな音が聞こえた。

「す、すいま、すいませんっ、痛、いたい」

「生意気なんだよゴミのくせに。おめーはゴミだろ？　ああ？　おい、ゴミ。ひひ、ひ、ひひひ」

吐き捨てるような「ゴミ」という言葉に、頭の芯が絶望で冷える感覚に襲われた。

ゴミ。そうだ。ずっとそう言われてきた。あんたさえいなければ。産まなきゃよかった。邪魔者。

視界が狭まる。色も音も消えていく。現実感が遠ざかる。指先が冷たい。

「ひ、ひひ、くそ、みんな俺のこと馬鹿にしやがるが、ひひ、ひひ、そうだ、こんな、俺よりクズな奴がいるんだ、ざまあみろ。おら、しっかり立てよゴミ」

遠いところで、シミズが何か言っている。

「たっぷり遊んでやったら、そうだな、俺が世話になってる人んとこに売っぱらってもいいな。ひひ、ひひひひひひ」

「見つけた!!」

「ぎゃんッ！」

名前を呼ばれるのと、目の前のシミズが吹っ飛んだのはほぼ同時だった。

何が起きた？　衝撃に思わず閉じていた目を薄く開けると、肩で息をする寛貴がトレンチコートをはためかせて立っていた。

「⁉　ひ、ろきさ、ん？」

「悠、無事か」

「なんだてめ……ぎゃああ!!　いて、いてえよ、いてえ!!」

呆然としていると、シミズが背後で片手をねじり上げられ、身も世もない叫び声を上げた。大男に小男が捕まり滑稽なポーズのまま叫ぶ様子は、まるで出来の悪いおもちゃのようだ。

「悠の目の前じゃなかったら腕を引きちぎっているところだ」

地を這うような声。静かな怒りに燃えているらしい寛貴と、みるみるうちに脂汗を流しはじめるシミズとを交互に見つめる。

どうして？　これは夢？　思わず頬をつねる。

「悠、怪我はないか？」

「平気、です、なんで、ここに、寛貴さんが」

「助けに来たに決まっているだろう」

うそ。

本当に来てくれた。

「電話した時に変な男に絡まれていたようだったからな。電話越しに大学のチャイムの音が聞こえたから、車を飛ばしてきた」

凍り付いていた感情がじわじわ溶けだす。鼻の奥がツンとして目の前がぼやけた。

「で、こいつはなんだ」

「あ、の、っ、シミズ先輩です」

「シミズ？　これが？」

片眉を上げて、小刻みに震えながら青ざめているシミズの顔を覗き込む。

「……見たことがある。いつだったかこいつを相手にしたボーイから苦情が来たことがあったな」

寛貴が腕の力を緩めると、シミズが尻もちをついて転がった。肩と腕を押さえながらひいひいと大げさに呻くさまは、そのままシミズの度量の狭さを表しているようだ。

「いてえよ、いてえ、なんだ、てめえ」

「うちの従業員をずいぶんな目に遭わせてくれたようだな」

「⁉　な、な、何もしてねえよ！　てめえがいきなり殴りつけたんだろうが！　しょしょ、傷害罪！　傷害罪だ！」

言葉の語気とは裏腹に及び腰だったが、はたと何かに気づいたように指をさして叫んだ。

「てめ、あの店のでかぶつマネージャーじゃねえか！　見たことあると思ったら！　おい、早く金よこせよ‼」

「金？」

「悠の紹介料だよ！　三万円！　おら！　へ、へへ、こいつ結構稼いでるみたいじゃねえか。上乗せして払ってもらってもいいんだぜ？」

「断る」

シミズが伸ばした右手を勢いよく払いのけると、寛貴は悠に歩み寄って、腕を取った。

「歩けるか？　行くぞ」

「な……払えよ！　おい！　は、払わねえってことならそいつ返してもらうぜ⁉　なあ悠⁉」

びくん、と悠の背筋が震えた。

シミズにバイトのことをバラされる。シミズならやる。そういう男だ。想像して恐怖が全身をかけめぐる。

立ち止まると寛貴に腕を引かれる。だが、悠は首を横に振る。

「どうした」

「い……行けません」

寛貴は、身体をこわばらせる悠にしばらく眉を寄せていたが、ため息をついて掴んでいた腕を離した。

離れた体温にじわりと涙がにじむ。ああ、せっかく助けてくれたのにごめんなさい。けれど歪（ゆが）んだ視界の向こうの寛貴はゆっくり踵を返すと、おもむろにシミズの顔面を掴んだ。

「!?　なんだ、おい」

「悠に何を言った。何かしたのか？」

「ちょ、何しやがる」

「脅したのか？」

「ぎゃっ!!」

見ているだけでは寛貴が何をしたのかはわからない。シミズが突然苦しそうな声を上げた。

「もう一度聞くぞ。悠に何をした」

「何……いて、いてえ！　いてえ!!　あ、ああアアア!!」

足をばたつかせ、寛貴の腕を掴んで引き離そうとしているがびくともしない。次第にシミズの尻が地面から浮き上がる。何が起きてる？　とんでもない力がかかってるんじゃないか？　悠が怯えながら見守る中、呻きが悲鳴になり、叫び声に変わるあたりでシミズが音を上げた。

「あーッ!!　バラすって！　バラすっつたんだよ！　あいつが！　ホモで！　てめえらの店で働いてるってのを!!」

「そうか」

寛貴が呟くと同時に、ひときわ汚い叫びがあがった。寛貴の表情は変わらない。危険な気配を感じ、悠は寛貴に向かって震える手を伸ばす。だめだ、それ以上は。

すると突然、空気を変える明るい声が飛んできた。

「やっと追いついた！　寛貴！　ステイ！　そのへんにしときなよ。死んじゃうよ？」

ぎょっとして顔を上げる。晶良だった。大きく手を振りながら、この場にそぐわない呑気なオーラと華やかさを振りまいて歩いてくる。

晶良さんまで!?　と混乱して何度も目を瞬かせていると、どさり、と重たいものが落ちる音がした。寛貴がシミズから手を放していた。

「おい晶良、車で待ってろと言っただろう」

「自分だけ悠の前でいい格好するつもりだった？　残念だね」

　頭の上に載せたティアドロップ型のサングラスはぶかぶかで、小ぶりな顔が際立つ。シンプルなガウンコートをさらりと羽織る姿は、その辺の大学生とは格が違うのが嫌でもわかる。

「お待たせ、悠。もう大丈夫だよ」

　晶良は優美な仕草でポケットから白いハンカチを取り出すと、涙で濡れた悠の顔を拭ってくれた。

　もう大丈夫、という言葉に再び涙がぶわりとあふれ出す。苦笑した晶良が、ハンカチをそのまま悠に渡す。

「あきらさん……ひぐっ……」

「顔腫れてるね。可愛い顔が台無しだ」

　優しく頬に触れてきた冷たい指が熱を持った頬に気持ちよくて、つい目を閉じる。

「ぐ……なんだ……てめえら……なんなんだよ」

　地の底からわき上がるような声が足元から聞こえてきた。

「うっうっ、訴えてやる！　訴えてやるからな！　それと悠、てめえ、わかってんだろうな⁉」

　顔を押さえながら必死で吼える様子は滑稽だ。けれどなぜかシミズの言葉に晶良が目を輝かせた。

「訴える？　どうやって？」

「ゆ、悠！　おい悠！　聞いてんのか！　大学中にバラしてやるよ！　てめえのこと!!」

「ねえってば、どうやって？」

「悠!!」

恐らく本能からだろう、シミズは晶良の視線から逃げていた。けれど晶良は無慈悲にも花のような笑顔のまま、シミズの顔を覗き込む。

「バラすって何を？　悠が店で働いてることかな？　プリントアウトして構内に個人情報と一緒に貼り出す？　ネットに情報ばらまいてバラす？　悠の家に貼り紙でもする？　やり方色々あるよねえ。いいよいいよいいよ。いくらでもどうぞ」

「晶良さん!?」

「な、な、なんだてめえ、頭おかしいのか？」

悠とシミズが同時に目を見張る。けれど晶良は悠をそっと引き寄せると、耳触りの良い声で語りはじめた。

「あのねえ、人権ってお金になるんだよ」

天使が聖書でも読み上げるように優しく。

「僕のところの弁護士、すっごく優秀なんだ。企業相手でも個人相手でも根掘り葉掘り調べて、取れるお金は無駄なく取ってくれるし弁も立つし、ちょっとヤバいくらい。ネットに詳しい弁護士の当てもあるし、もし君が何か悠におかしなことしたら、尻の毛までむしり取られちゃうかもね。おまけに前科までつくかも」

楽し気にころころ笑う様子と言葉とがかみ合わない。シミズの顔色がいよいよ土気色になる。尻をついたまま後ずさると、無言で立ちふさがる寛貴の脚にぶつかって呻いた。

「お……脅すつもりかよ……」

「誤解だよ。これは脅しじゃなくて、ただの予想」

風がざわめいて、晶良の髪とコートをふわりと巻きあげた。沈む直前の太陽の光が晶良の髪を金色に弾く。

冷えた外気の中で、シミズだけが額に汗を浮かべている。何度かぱくぱく口を動かし短い呼吸を繰り返すと、ふり絞るように声をあげた。

「そそそ、そんなハッタリに騙されねえよ！　俺だってなあ、バックにすげえ人ついてるんだぜ!?　黒龍連合って聞いたことあるだろ？　そこの顧問に木下さんって人がいてその人の」

「木下さんって右耳が半分ない人？　今の顧問って木下さんなんだ。木下さんってね、あんな強面で入れ墨だらけなのに綺麗な男の子に掘られるのが好きなんだよ。懐かしいな。元気？　歯残ってる？」

「木下さんの……きのし……お、おま、あんた、なんなんだよ……」

小刻みに震えているシミズを尻目に、晶良は立ち上がると立ち尽くしている悠の髪を指でやわらかく梳いた。

「僕の可愛い悠に手をあげたんだから、これ以上何かしたら容赦しないよ」

にこりと笑った目の奥に、知らない光を浮かべていた。

「あーきったない。お漏らしすると思わないじゃないか。もうちょっとで靴に付くかと思った」

正門前に停めてあったセダンは明らかに駐車違反だったが、運よく監視員の目にはとまらなかったらしい。

促されるまま助手席に座ると、運転席に寛貴が、後部座席に晶良が座った。

あの後晶良は、悠には近づかない、危害を加えない、という念書をシミズに書かせて解放した。シミズが全身から色々な体液を垂れ流しながら震える様子はさすがに気の毒で見ていられなかったのだが、二人はまったく意に介していなかった。

「あの、ほんとに、ほんとにすいません。ありがとうございました」

「もういいってば。寛貴も僕も、悠が無事だったらそれでいいんだよ」

「だって……」

座席越しに晶良にくしゃりと頭を撫でられる。悠のよく知る優しい指だった。穏やかな声色は、先ほどあったことなど嘘のような気にさせる。

「寛貴さんだけでもびっくりしたのに、晶良さんまで来てくれるなんて」

一体何が起きたんだろう。嬉しさと、怖さと、ほっとしたこと、色んな感情がごちゃまぜになってまた涙が溢れてきそうだ。

「うん、ちょっと時間が空いたからお店覗きに行ったら、寛貴が血相(けっそう)変えて飛び出してきたんだよ。『悠が、悠が』って言ってるからついてきちゃったんだけど、すんごい飛ばすし運転荒いし酔うかと思った。いつもイライラするほど安全運転なのにさ」

ふふふ、と心底楽しそうに笑う晶良に、バツが悪いのか寛貴が咳払いをする。

「車をここに雑に止めて一人で出てっちゃうから追いかけたんだけど、このゴリラやたらヒートアップしてて右手の握力だけで人間を持ち上げてるんだから笑っちゃうよね。止めた僕って優しいと思わない？」

「晶良、シートベルトを締めろ」

「握力八十キロくらいあるんじゃなかったっけ。頭蓋骨砕けちゃうよ」

晶良は肩をすくめただけだったが、悠は想像して血の気が引いた。

車がゆっくりと動き出す。夕方から夜へと表情を変えつつある風景が流れ出した。

「僕これからまたお仕事だからさ、悠に会えてよかった」

「仕事？　こんな時間ですよ？　なんのお仕事ですか？」

「んー、会食。腹黒い狸おやじどもといろんなお話してくるんだ。油断してると背中から刺されるんだよ。ふふ、こわいでしょ？」

「は？」

晶良に仕事のことを聞こうとすると、いつもこうして煙に巻かれてしまう。つまらなさそうに書類をめくっているから、仕事というのは嘘ではないのかもしれない。

「晶良を会食先に送ってからになるが、悠、お前はこのまま帰れ。入っていた予約は断っておいた。家まで送る。明日も休んでいいぞ」

寛貴の言葉に、迷いながらも悠は頷いた。この状態で仕事をしろと言われても無理だ。この人の言うことはいつも正しい。

「すみません」

「謝らなくていいと言ったはずだ」

運転席の寛貴は相変わらずの無表情でぶっきらぼうではあったが、悠を気遣っていることは伝わる。そういう人なのだ。言葉が少なくて不器用だけど、他人のために身体を張るのもいとわない。

「すみま……あっ」

思わず出てきた言葉に慌てて手で口を覆う。ぷ、と背後から吹き出す声が聞こえた。

「お気に入りに謝られっぱなしなんてかっこ悪いからさ」

「え……」

お気に入り、という言葉に耳を疑った。聞き間違えた？　確かめたかったが、のぼせた気持ちを知られるのが怖くて聞き返せなかった。それよりも。

「ずっと、かっこいい、です」

助けに来てくれた時のことを思い出すと、もうどうしようもなく胸がときめく。顔が熱くなる。自分なんかとは全然釣り合うはずがない人たちなのに、夢を見そうになってしまうのだ。

「ふふ、ありがと」

再び、晶良に座席越しにやわらかく頭を撫でられた。

こんなことされたら好きになってしまう。ただでさえ素敵な人たちだと思っていたのに、引き返せなくなってしまう。

撫でていた指が離れていくのがひどく名残惜しい。多分もう手遅れかもしれない。

「俺なんかに……なんで優しくしてくれるんですか。優しすぎます」

「悠が可愛いからね」

「やめてください。可愛くないです」

「誤解しないで。馬鹿にしてるわけじゃないよ。ね、寛貴？」

「そうだな、可愛いぞ。ついでに言うと晶良は外面はいいが優しくはない」

「余計なこと言わない。あのね、僕も寛貴も、興味もない子に向かって可愛いっていうほど無節操じゃないし、身体を張って助けに行くほど暇じゃないよ。それでも信じない？」

「でも」

返事に困って振り返った。苦笑するその顔の方が、自分なんかよりずっと整っている。

もちろん信じたい。だけど生まれてこの方、容姿に関して褒められた記憶がまったくない。母親にはいつも「体格だけでも父親に似れば……」とがっかりされていたし、女子からは遠巻きにされていた。身近な友人には女っぽいとからかわれることが多かった。

「あのね、そもそも顔も身体も良くなきゃボーイとして採らないよ。寛貴の美醜(びしゅう)の基準は僕なんだから」

「お前のナルシズムに俺を巻き込むな。俺はお前の好みに合わせて選んでいるだけだ」

「そんな……わけ、ないです」

納得できない。彼らほどわかりやすく整っているならともかく、自分はこんなに地味で陰気で弱々しい。鏡くらい見たことある。

否定した直後、大きなため息が聞こえてきて悠はきゅっと身を固くする。

「僕ねえ、わがままなんだ」

車が赤信号で止まったタイミングで、晶良が身を乗り出してきた。フェイスラインを長い指で辿られてドキドキしていると、耳元で囁かれた。

「僕の愛するものを否定しないで」

「愛っ……」

「僕の可愛い悠を否定するのは悠だって許さない」

こちらを覗き込む視線は真摯なものだった。おふざけではない気配に縮み上がる。

「お返事は？」

「は、はい……」

「いい子」

満足したように微笑むと、晶良は再び座席に戻った。

「着いたぞ」

頭の中で晶良の言葉を咀嚼しようとするがうまくいかない。どうしようもないことをぐるぐると考えているうちに、気づけば車はホテルのロータリーに入っていた。

ラグジュアリーなホテルは、日常や喧騒とは離れた空気をまとっている。車がすうっと停まると、近づいて来たドアボーイが後部ドアを開け、晶良が外に出た。

「ありがと。ちょっと待ってね」

行ってらっしゃい、と言おうとしたら、そのまま助手席のドアを開けてきた。キスでもされるかと思って構えていたら、腰を掴まれて鎖骨へ額をぐいと押し付けられてしまった。

「ひゃ!?」

驚いて固まっていると、服越しに体温がじわりと伝わってきた。抱きしめて、と身体が語っている。まるで子供が母親に甘えているようだ。戸惑っていると、晶良が呟いた。

「ちょっとだけ、今だけかっこ悪くいさせて」

深呼吸をする気配が伝わる。

「あいつらに負けない。絶対」

あいつらって？　と言い出しそうになって口をつぐんだ。詳しい内容を聞くべきではないという空気くらい悠にだってわかる。おずおずと、晶良の背に手を回す。

晶良がゆっくり顔を上げた。向けられた微笑みの少しの幼さに、どきりとした。こんな晶良は初めて見る。

何かしてあげたい、でも思いつかなくて、少し震えながらいつも晶良がするように頬を手で包むと、額をこつりと合わせる。

「大丈夫です、晶良さん。大丈夫」

助けてくれた時に、大丈夫と言われて泣くほど嬉しかったから。

「ふふ。キスしてくれる？」

キス、と言われて一瞬心臓が跳ねた。けれど言われるまま、気持ちを込めて優しく唇を重ねる。緊張に震えてしまうのは仕方がない。これが今の悠にできる精いっぱいだ。触れたやわらかさに蕩けてしまいそうになる。

「ありがと、悠。会えてよかった」

ふわりと晶良が離れる。唇の温度が名残惜しい、なんて思うのは悠だけらしかった。

「寛貴、車ありがと。送迎代請求していいからね」

「いらん。さっさと行け」

じゃあね、笑顔でドアを閉めた晶良はいつもの晶良で、ガラス越しにウインクを投げられてぴゃっと飛び上がりそうになった。軽やかで愛らしくて、相変わらず胸がときめく。けれどガウンコートの裾を秋風にはためかせてエントランスに向かう晶良は、自信に満ちた青年実業家そのものだった。

車が走り出しても悠はずっと晶良のことを考えていた。

遊び慣れた大人だったり、言葉だけでシミズを叩きのめしたり、ちいさな子供のように甘えてきたり。どれが本当の晶良なのか悠にはわからない。

会食と言ってたけど、楽しそうな様子ではなかった。大丈夫なんだろうか。

つらつらと考えていると、不意に寛貴が声をかけてきた。

「晶良が気になるのか？」

「あ……」

「心配するな。あれは勝負強い。失敗したとしても、それを逆手に取るのがうまい男だ」

心の中を見透かされた気がした。そのうえで、寛貴はこうして安心する言葉をくれる。いつだったかボーイのシュウが寛貴のことを優しいと言っていた。今ならよくわかる。

「晶良さんのお仕事って何ですか？」

「聞いてないのか？　不動産関連だ。まあ、元々は名家のお坊ちゃんだった。養子らしいがな。詳しくは本人に聞け」

「……」

「悠はあいつが好きか？」

「えっ⁉」

突然の問いに、とっさに返答に詰まってしまった。顔に血が上る。

「好きって、その、なんで、そんな……」

「ああ見えていい男なのは保証する。俺への嫌がらせだと思っていたが、そうでもないらしい」

「？　待ってください、俺、その」

「付き合いは長いが、あんなあいつは初めて見た」

何を言い出すんだ、どういう意味なんだ。助手席で悠はパニックに陥る。

晶良を嫌いなわけがない。魅力が服を着て歩いているような人間だ。晶良のことを思うと胸がときめく。あんなきらきらした宝石みたいな人に、好きと言ってもらえるなら全身全霊で応えたい。はっきり考えたことはなかったが、これが恋かと聞かれれば間違いなく恋だ。

けれど、寛貴に自分の晶良への恋心を肯定されると、なぜかわからないけどひどく悲しくなる。

悠は人生で恋というやつとあまり触れ合ってこなかった。だからわからない。自分の今の気持ちがどこにあって、どうしたいのか、なぜこんなに傷ついた気持ちになっているのか。

湧き上がる感情に、ぎゅうぎゅうに胸が締め付けられて苦しい。

「俺……？」

ふと、見たことのある風景が窓の外に見えた。いつの間にか自宅の近くまで来ていた。悠のアパートの前で車がすっと止まる。

「悠」

「ありがとうございま……えっ」

街頭がぽつりと照らす薄暗い道に停めた車の中で、こちらを見つめる寛貴の瞳が光って見えた。

「俺のほうが、悠を」

不意に車内の空気が変わった。

もの言いたげな寛貴の視線に圧力を感じた。なのにひどい浮遊感が全身を包み、皮のシートを掴む手のひらが汗ばむ。

「寛貴さん……？」

声が掠れた。何かを言われる気配。心臓が喉までせり上がってくるようだ。空気が薄いのか息が苦しい。逃げたい。怖い。視線に縛られて逃げられない。

「……なんでもない。忘れろ」

寛貴が目を逸らすと、一気に重圧から解放された。

「あのっ」

「早く行け」

さっきまでの様子が嘘みたいに取りつく島もない。慌てて降りると、車は静かに走り去っていった。

車の影が見えなくなっても、悠はしばらくその場に立ち尽くし続けた。

シミズ事件の後、悠は連日出勤していたROSE BUDを休んだ。

「まっとうではない、人に言えない仕事だ」と寛貴に言われていたはずだったが、誰かにバレるなんて考えもしなかった。自分の甘さに、悠はしばらく気落ちしていた。

「覚悟が足りなかったなあ」

店を辞めようか。そんなことも思ったが、口座残高を思い出すとそうもいかない。それに大家が探してきてくれた新しいペット可のアパートは、やはり悠の予算を大幅に上回っていた。ネットで調べたり不動産屋を訪ねたりもしたが、希望する家賃の物件が見つかる気配はない。お金はいくらあっても足りない。割れてしまったスマホの画面だってなんとかしたい。

事のあらましを聞いたボーイ仲間たちに気遣われつつ、宣材写真も変更してもらい、なんとか続ける方向で寛貴に話をしたのが昨日のこと。

大学ではシミズとなるべく顔を合わせないように警戒しているので、無駄に疲れる。試験も近いが、稼がなくては生きていけない。顔の腫れもすっかり引いた悠は、大学からまっすぐROSE BUDに向かった。出勤するのは二日ぶりだ。

寛貴に、晶良が好きかと問われた時、恋心をはっきり自覚してしまった。シミズに脅されていたところを救われて、心の扉が全開になってしまった。あの時の「もう大丈夫」という言葉はまるで魔法のようだった。

なのにどうだ。あの後、寛貴に意味深なことを言われてからは彼のことで頭がいっぱいなのだ。

俺のほうが、なんだって？　俺のほうが悠のことを……？

「好き、なわけないよなあ」

危うくいつもの妄想大劇場が幕を上げそうになって強制終了させた。可愛いとは言ってくれたけど、嬉しかったけど、落ち着け。そんな都合のいいことあるわけがない。

「かっこよかったな……」

一昨日、助けに現れた時の寛貴のことを思い出すと、知らずため息が出る。絶望の真っ只中の悠にとって、彼はヒーローそのものだった。ほわ、と頬が赤くなる。

結局繰り返し彼らのことを考えて、試験勉強がはかどらないし眠れていないしで散々だった。興奮で頭は冴え冴えとしているけれど。

ただ、一つだけわかったことがある。悠は晶良だけでなく、寛貴のことも好きらしい。ただの憧れじゃないかとも思ったけど、生々しい性欲が伴っているからきっと憧れじゃない。

晶良への想いとも少し違う、寛貴へのこの気持ちは恋なんだろうか？　悠の恋といえば、高校時代、クラスメイトの女子から挨拶をされただけで恋をしてしまった痛い思い出しかない。

自分の気持ちを確かめるためにも店に行かなきゃ。

でも確かめてどうする？　彼らとセックスできるわけでもなし、と心の中のピンクの物知り博士が比較的まともなことを囁いた。

「せっく、す⁉」

慌てて強く頭を振って、煩悩の炎とピンクの物知り博士を振り払う。違う、そうだ俺は金を稼ぐために店に行くんだ。ミュウの為にも。

自分で自分に言い聞かせ、従業員出入り口のドアに手をかけたところでドアが引かれて大きくバランスを崩した。

「ひゃ」

「……っ悠？」

黒いトレンチコートが悠の名前を呼んだ。このでかさと声は寛貴だ、と思った瞬間胸に抱きとめられた。というか顔からぶつかった。胸板が厚い。筋肉の弾力が心地よい。

香水の匂いと混ざって寛貴の匂いがした。ときめきと共に、一気に下半身が重くなる。

あ、だめだ、やっぱり好き。

「ごめんなさい！」

慌てて身体を引き離す。会えて嬉しいのに恥ずかしくて顔が見れない。

「なんだ、ずいぶん早いな。まだ誰も来ていないぞ。あれから気持ちは落ち着いたか？」

寛貴の大きくてたくましい手は軽々と悠を支えている。おずおずと見上げると、記憶の中よりもずっと整った顔をした寛貴が見つめていた。切れ長の目はよく切れる刃物のように鋭く美しい。

あなたに会いたかったからです。晶良さんに会いたかったからです。そんなことを言えるはずもなく、落ち着いたので稼ぎに来ました、と小さく呟いたら、軽く吹き出されてしまった。

「昼は済んだか？」

これからです、と言う前に、きゅうう、と腹が先に返事をした。慌てて腹を押さえると、寛貴が今度こそ声を上げて笑った。

少年のように無邪気な笑顔に、思わず目が吸い寄せられた。

笑った顔、可愛い。

「悠の腹は正直だな。ちょうど昼に行くところだ。付き合え」

連れて行かれた中華料理屋は、悠のよく知る町中の定食屋とはまったく違った。

「わー、お昼で、さんぜんえん、から」

「二人だ。奥の個室は空いているか？」

店内の床は全然油で滑らない。壁に手書きメニューが貼っていない。新聞を読みながら食べてる土方系もいない。テレビもない。なにより広く、天井が高い。

表に出ていたメニューの金額や、中華らしい華やかな内装に驚いていたらすっかり置いて行かれていたので慌てて追いかける。

「中華のいいところは箸で食べられることだな。時々晶良に連れて行かれる横文字だらけの店は、堅苦しい上にナイフやフォークがずらっと並んで苦手だ」

円卓の中央に載っていた花を店員が恭しく下げていった。ベルベットのようなカーテンで仕切られた静かな空間は、悠にとっては場違いすぎて落ち着かない。

「この間は本当にありがとうございました。迷惑かけちゃってほんとにすみません」

「もういいと言っただろう。うまいものを食べて忘れろ。シミズに殴られた場所は平気か？」

「寝て起きたら治ってました」

「それはなによりだ」

楽しそうに笑う寛貴にときめいた。かっこいい、とずっと思っていたのに、こどもみたいな顔で笑うなんてずるい。もっといろんな顔を知りたくなる。

けれど運ばれてきた料理を口にした途端、悠はときめきも何もかも忘れた。

「おいしい！」

悠の知らない中華の味がした。こんなの食べたことがない。前菜の焼き豚やサラダを食べるたびに飛び上がりそうになる。

「そんなに空腹だったのか？　見ていて気持ちのいい食べっぷりだな。食べるのは好きか？」

「好きです。美味しいです。おいしいものが嫌いな人間はいません」

「違いない。俺もだ」

笑みを浮かべながら、寛貴が前菜をそれぞれ一口で平らげていく。人間味のない見た目の割に、豪快な箸づかいだ。一気に親近感が増す。

「講義はどうした。サボったのか？」

「今日は午前中だけなんです」

答えつつ、運ばれて来たばかりのスープを口にする。

「なんだかわからないけどこのスープおいしい！」

「フカヒレスープだ」

「フカヒレスープ？　って、なんか糸みたいなのが浮いてるやつですよね？」

「今お前が口にしたその塊がフカヒレだ」

「！」

口の中でほぐれる、やたらおいしい何かだ。味の情報量が多くてうまく説明できない。これがフカヒレか、と感動しながら夢中で口に運ぶ。

悠の様子をしばらく見つめていた寛貴が、ふと尋ねた。

「悠は、恋人はいないのか？」

「え？」

藪から棒な質問に、匙を運ぶ手が止まった。

「いません。いたことありません。童貞ですし。えへへ、晶良さんにファーストキス奪われちゃいました」

かたん、と寛貴が匙を落とした。

「俺、童貞より先に処女無くしちゃったんだな、なんて。あはは」

「そうだったな……」

「別に気にしてませんから！　普通だったら一生使わないところを使って一万五千円貰えちゃったわけですし、それに、……き、きもち、よかった、で、す、し……」

ああだめだ。忘れていたのに思い出してしまう。性欲よりも食欲だ、と言い聞かせて、匙を運ぶスピードを上げる。食べっぷりのせいか、新しい皿を運んできた女性にニコニコ微笑まれてしまった。

「前向きに考えてくれるならこちらも嬉しい。悠は運が良かった。初めての相手が晶良なら怪我をすることもない。中には面倒な客もいるからな。仕事は慣れたか?」

「他のボーイの人たちから面倒なお客さんの話は聞くんですけど、俺はまだ当たったことはないです。ただ……」

「ただ?」

俺ってチンコ大好きな変態なんでしょうか? 一瞬言いかけて口をつぐんだ。けれどこちらをじっと見つめる寛貴に気がついて慌てて言葉を続ける。

「食事中にするお話じゃないかもしれませんが、俺、お客さんのことうまくイかせられなくて時間が来ちゃったりすることがあって……まだまだ下手くそだから」

「悠が?」

寛貴が切れ長の目を見開いてから、眉を顰めた。

「悠へのクレームでその内容は聞いたことがないぞ。むしろ『時間ギリギリまでしゃぶられて、イかされまくった。エロかったけどもっとイチャイチャするプレイがしたかった』というのを時々聞く」

「うそっ」

予想外のクレームだ。やっぱり変態じゃないか。恥ずかしくてぶわっと身体じゅうの毛が逆立った。

「テクニックを磨くのも大事なのかもしれないが、恋人のような触れ合いを求めて来ている客もいるだろう。悠に必要なのは客の要望を見極めて対応するスキルなんじゃないのか？　まあ、見極め方の具体的なアドバイスはできないが」

「はい……すみません」

「叱っている訳じゃない。失敗なんて誰にでもある。それに、喜んでいる客のほうが多いから安心しろ。いろんな客がいる中で、悠はよくやっていると思うぞ」

思わず箸をおいて膝の上に手をそろえてしまった悠に、寛貴が微笑みかける。

よく見てくれている。たくさんいるボーイの中の一人でしかない自分に、こんな風に気を使ってくれるのが、嬉しいような、気恥ずかしいような。ムズムズモジモジして、やり場のない感情の矛先が寛貴に向かう。

「寛貴さんはいつもちゃんとしてて余裕があって、失敗なんてしないからそんなこと言えるんです」

「そんなことはない」

「先輩に騙されて、脅されただけでめそめそ泣いてた俺とは全然違うから……」

「失敗ばかりだ」

「シュウさん言ってました、仕事できるって」

　すると寛貴は困ったようにため息をつくと、先ほどとは違う自虐的な笑いを浮かべた。

「大学を出てから、そこそこ大きい機械メーカーの営業をやっていたんだが」

「営業……？」

　有名な会社の名前を告げられる。誠実で礼儀正しいとは思っていたが、営業と言われたときに湧く社交的なイメージはなかったので予想外だった。

「愛想は良くないし喋りが上手いわけでもないからずいぶん苦労した。運よく大口の契約がいくつか取れて同期でトップ昇進できたんだが、ゲイだとバレてな」

「！」

　咀嚼していた海老が、うまく飲み込めずむせそうになる。

「アウティング、ですか？」

　聞いたことがある。公表していないマイノリティな性自認や性的指向を勝手に暴露する最低な行為だ。

「よく知ってるな、その通りアウティングされた。同僚の誰かが俺がゲイだと吹聴した。誰だったのかはいまだにわからない」

　まるで何でもないことのように話す寛貴を呆然と見つめた。

「前の会社を辞めた理由って、それですか？」

「ある日突然重役会議に呼ばれて、取締役や専務や社長達の前で問い詰められた。男が好きなのかと。会議とは名ばかりの吊るし上げで、心が折れたな。人間性と性指向は関係ないだろうと言ってくれた人もいたんだが」

ふと遠くに視線を向けた。視線の先はきっと、寛貴の過去だろう。

「色々なことをうまくやれなかった俺の大失敗だ。はは、他にもいろいろあるぞ。……悠？」

寛貴は笑っている。悠は笑えなかった。

なんでそんな風に笑えるんだろう。悲しいのに。辛いのに。

「なんで……そんな」

言葉が出てこない。時代錯誤な人間たちが、無知なままハラスメントを垂れ流す。空気に流された人々が当たり前のように傷つける。想像して全身が冷え切った。

寛貴が驚いた顔でポケットからハンカチを手渡してくれて気が付いた。

悠は泣いていた。

「つまらないことで凹んでた自分が情けなくなりました」

「何年も前の話だ。参ったな、泣くほどのことじゃない」

震える手で受け取ったハンカチは丁寧にアイロンがかかっていて、真面目な寛貴らしい。

「なんで……寛貴さん俺みたいなのにも身体張って助けに来てくれるような人なのに」

「悠、泣くな」

「仕事もできて顔も良くて足も長くて背も高くて、真面目でかっこよくて優しくて笑うと可愛くてちんちんもでかいのに」

「悠、声が大きい」

「俺なんか全部ないですよ皮被ってるし、あ、ハンカチ返します」

「返すのか」

「あと、声も素敵です。低くて甘くてセクシーで、耳元で囁かれたらきっと落ちちゃう人も多いです」

「悠もか？」

「もちろんです。……食事中にすみません、ちょっと顔洗ってきます」

寛貴に断って悠は席を立った。

トイレで顔を洗い鼻をかむ。落ち着くために深呼吸を何度も繰り返した。鏡に映った顔は泣いたせいで鼻が赤いし目も腫れぼったくて、いつも以上に情けない表情をしていた。こんな顔で寛貴の前に座っていたのかと思うと顔から火が出そうだ。

寛貴は誠実な人間だ。それがただゲイだというだけで中傷（ちゅうしょう）されて追い出された。そんなことがあったのに、本人は仕方がないと折り合いをつけ、今は前を向いている。

悠にはできない。同じ状況に置かれたら、きっと潰れていただろう。

「ああ、もう、俺って……」

自分の情けなさに脱力する。ピカピカに磨かれた洗面台に縋りつきそうになって、頭を横に振る。

寛貴さんを待たせてるんだ、落ち込むのは後だ。せっかくのおいしいご飯なんだから、おいしく食べよう。

「すみませんでした。おいしいご飯の為に慌てて戻ってきました」

席に戻ると、落ち着かない様子でちらりと窺われたが、笑顔で正直に言ったら寛貴が吹き出した。

寛貴が笑ってくれたことが嬉しくて、止まっていた食事を穏やかに再開することができた。泣いたせいなのか気持ちがすっきりして、会話が弾んだのが嬉しい誤算だった。カメラロールに収めた大量のミュウの写真を見せると、意外にも寛貴は興味を持ってくれた。

二人そろってデザートまで綺麗に平らげる。食後のお茶は心も身体も温めてくれた。

ただ、悠にはひとつだけどうしても気になることがある。

いつも以上に寛貴が悠を見つめてくる。あの、車の中で縫い付けられた視線だ。熱くて、焼かれそうで、息苦しくなって、ちょっと困った。

店の前で、寛貴に向かって頭を下げる。

「ごちそうさまでした。最後のマンゴープリンもすっごく美味しくて」

「ここのマンゴープリンは最高だろう？　あれを悠に食べさせたかったんだ。秘密だぞ？」

機嫌良さそうな寛貴の様子に悠まで嬉しくなる。特別扱いしてくれたような言い方に、舞い上がってはいけないと戒める。でもちょっとなら浮かれてもバチは当たらないだろう。だって、二人きりで食事なんて、まるでデートだ。

「ごちそうのおかげで、仕事がんばれます。ありがとうございました」

「元気が出たか？　なら誘った甲斐があった。すまなかったな、あんな話を聞かせるつもりはなかった。忘れてくれ」

ああやっぱり、シミズのことで自分に気を使ってくれただけだったんだ。浮ついていた気持ちがぷしゅっと音を立てて小さくなった。

「話してくれて嬉しかったです。寛貴さんってどんな人なんだろうって思ってたから」

「悠……」

「思った通り、大人でかっこいいです」

えへへ、と締まりなく笑うと、不意に寛貴が間合いを詰めてきた。

「は？　あれ？」

髪に触れられてドキッとしていると、まっすぐ視線を合わせてきた。あの、ちょっと苦手な切羽詰まった視線だ。大きな影が落ちてくる。

「寛貴さん？」

歩行者がチラチラこちらを見てくる。男同士が歩道のど真ん中で見つめあっているのだ。それでなくとも寛貴の存在が通常の三倍視線を集めているのに。

「悠」

「は？　はい？」

熱い瞳で見つめられて動けない。頬に手をかけられる。顔が寄せられる。

「俺は、ずっとお前を」

その距離今や五センチ。四センチ。吐息がかかる。キャッ、という女性の黄色い悲鳴が聞こえる。

間近で見る美形の暴力。このままではキスされてしまうんじゃないだろうか？　まさか、いや、この距離、キスする気だ。寛貴さんが？　俺に？　こんな大通りで？　食事をしたばかりの店の前で？　公衆の面前で？

だめだキスされてしまう！　公衆の面前で!!

「むり、無理です!!」

「！」

パニックになって寛貴の顔面に手のひらを力任せに叩きつけた。

思いのほか強い力は寛貴をよろけさせるのに充分だった。まずい、顔面国宝を叩いてしまった。シュウからクレームが来てしまう。

「寛貴さん！　すみません！」

「……『無理』か。そうか。そうだろうな。はは……」

慌てて悠が近寄ろうとするが、一瞬顔を歪ませた寛貴が悠に手のひらを向ける。

「あ、の」

「いい。構うな。すまなかった」

こちらも見ずに背を向けて、店の方向へと歩いて行った。悠は脱力のあまり座り込みそうになるところを、なんとか立て直してよろよろとその場を離れる。数人のギャラリーがいたことに気づいて恥ずかしさで死にそうになる。

「あ、ぶな、かった……」

まだ心臓がばくばくいっている。もつれた足を引きずりつつなんとか人気のない小路に入って、建物の壁に背中を預ける。両手で顔を覆った。

なんで？　寛貴さん俺にキスしようとしたよね？　なんで？　またからかわれた？　なんて言ってた？　だめだ、思い出せない。まだパニックが収まらない。

真昼間の街中でキスは無理だ。寛貴が辞めた会社が今でものうのうとでかい顔をしている国だ。

だけど二人っきりだったら？　二人っきりで、名前を呼ばれて、髪に触れられて、見つめられて、近づかれたら？

我慢できずに、きっと悠の方からキスをしていた。

キス未遂事件の後も、悠はROSE BUDには普通に出勤した。生活のためだ。

あれは寛貴なりのユーモアだったんだろうか？　からかわれただけなのに殴ってしまったのだとしたら最低な返しをしてしまったことになる。どうしよう。

最近、寛貴が自分を避け気味なのもそのせいだろうか。気にしないよう自分に言い聞かせているが、落ち込んだ気分はちっとも上がらない。ただ、「あの時の続き」を悶々と妄想してそろそろ第十二章に到達するところではある。

「どうだ、順調か」

今日も講義が終わってまっすぐ店に来て、事務所で出勤登録をする。寛貴は、悠に出会うたびにいつも仕事の手を止めて話しかけてくれる。どんなに忙しくしていても、必ず。

「順調です」

最近、寛貴は痩せたような気がする。肌も少し荒れていて、いつもゆるく決まっていた髪も乱れ気味だ。

ワイシャツも時折くたびれたものを着ているのを見る。髭の処理が疎（おろそ）かになっていたのを見た時は驚いた。なのに目ばかりが妙にぎらついている。

怖いのは、それらが合わさるとジャンル《セクシー》になることだ。不機嫌そうな表情すら秀麗だ。なぜ不健康さが「小汚い」に収まらないのだろうか。色気増し増しエロだく大盛りだ。胃もたれもせず完食できそうなのが本当に困る。

寛貴の変化にシュウが喜んで「もっと太ればもっと素敵なのにい」と言っていたのだが、それはさすがに悠にはよくわからない。

「寛貴さ」

「なんだ」

あと、反応がすごく早い。

「ホームページのプロフィール見たんですけど、俺アナルプレイNGなんですね。他にもたくさんNGついてて驚いてます。お客さん全然オプション付けないなって思ってたんですよ。NGってオプションのことってやっと気づきました」

「……」

「タチがNGなのは助かります。お客さん見てて思ったんですけど、勃つ自信ないですし」

「……」

「俺、実はこの間、お金払うからどうしてもってせがまれてお金欲しくてNGなのにキスしちゃいました。五千円もらいました。申告しなくてすみません。あの日終わってから寛貴さん探したけど見当たらなくて」

「……」

なのに、反応がすごく悪い。話が拡げられない。寛貴がマグカップを取り上げて傾け、どうやら空だったたらしくへの字口になる。

「……知っている。金はチップとしてもらっておけ」

「ごせんえんですよ？」

「良かったな」

目も合わせずに答えるから、すごくやりにくい。変な空気が漂う。なんで知ってるんですか、とも聞きづらい。

「キスが五千円か……」

「！　やっぱり返します、三割だから千五百円」

悠は尻ポケットからあたふたと財布を取り出した。

「いらん。帳簿を締めた後に渡されても困る」

不快そうな顔をされるのが悲しい。

「でも」

それでも、バリバリ、とマジックテープの音をさせて財布を開けると、激しく二度見された。

「待て何だそれは」

「何って俺の財布です」

「嘘だろう?」

「何がですか?」

「マジックテープの財布はやめなさい」

「えっ?　あっ!」

立ち上がって財布をするっと取り上げられてしまった。ついでに中身も覗かれた。慌てて悠が手を伸ばすが、手を高く伸ばされて届かない。

「二千円しか入ってないじゃないか。これで千五百円こっちに戻すつもりだったのか?」

「五百円も戻ってきます!　牛丼食べてお釣りがきます!」

「しかもぼろぼろだぞ、この財布。穴が空いている」

もしかしてマジックテープの財布って恥ずかしいんだろうか?　そういえば大学でも使ってる人は見たことがない。小学五年生の時、クラスメイトのトモくんが使っていた記憶が最後だ。

色々な恥ずかしさで真っ赤になっている悠を無視して、寛貴が自分の財布を出して札を一枚取り出した。

「これで財布を買え。学生といってももう少しマシな財布を持っておいたほうがいい」

しわひとつない五千円札を添えて、悠に財布を返した。

「えっ」

ぽん、と手の上にのせられた穴の空いた財布と、ピン札。

「え、え、無理です、受け取れません」

「じゃあ、キスひとつ買い取ろう。五千円だ。なら文句はないだろう？」

ぎし、とデスクの椅子に座り、悠を見上げて軽く微笑んだ。久しぶりに見た寛貴の微笑みだったが、目にあまり力がない。それなのにくたびれることがなく、フランス映画のワンシーンを思わせる退廃的な美しさを醸し出しているのだ。無敵か。

「キス……」

さっきとは違う意味で顔が赤くなる。せっかくのピン札がぐしゃりと音を立てた。戸惑う悠の様子をしばらく見ていた寛貴が、は、と顔を歪ませて笑った。

「冗談だ。すまなかったな。忘れろ」

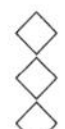

寛貴は机に向かい直すと傍に置いてあったメガネを取り上げる。忘れろ、という言葉と、

ばたん、という扉の閉まる音がしたのはほぼ同時だった。顔を上げたときには、悠の姿はなくなっていた。

逃げたのだろう。

「……っは」

鼻の奥がつんとする。たいして広くもない事務所なのに、さっきまで悠がいた場所がぽっかりと空いてしまって寒々しい。

「は、ははは、は……」

片手で顔を覆った。

悠がプレイルームに入るたびに、モニターを見つめていた。

惚れた相手の乱れた姿をカメラ越しに盗み見る。毎回、毎回。だから中で何をしていたのか、何をされていたのか、寛貴はすべて知っていた。

たまらなく興奮する。嫉妬で気が狂いそうになって、罪悪感で死にそうになるが、盗み見る背徳感が最高に気持ちがいい。何より、好きになった相手の姿は一秒でも多く見ていたい。

「愚かだな、俺は」

ひとしきり自嘲すると、頭を横に振る。

ずっと悠のことばかりを考えている。

悠が面接に来た時、自分の理想が現れたと思った。顔も身体つきも何もかもが寛貴の理想だった。自信がなさそうなのに、たまに顔を出すエキセントリックなところも魅力的だった。

だけど、悠はノンケだ。

もう店に来るなと伝えたのは悠のためだったが、それだけじゃない。好きになるのが分かっていたから、傷つくのが怖くて大人のやり口で遠ざけようとしただけだ。

「結局、いつまで経っても自分のことしか考えていないな……」

悠は、自分を大人だなんて言ってくれたが、見せかけだけの駄々っ子でしかない。

「大人、か」

大人とはなんだ。うわべを繕うことが上手くなることか。起きた過去を仕方ないと諦めて飲み込むことか。そんなのは経験が増えれば誰でもできる。

真面目だけが取り柄のつまらない男。寛貴は自分自身のことをよく知っているつもりだ。だからあんな風に全幅の信頼を寄せられれば、自尊心をくすぐられてしまう。好きにならない訳がないのだ。

目を閉じて、悠のことを思い浮かべる。生活に余裕のない苦学生のくせに、事故に遭った子猫の面倒をみるために仕事を増やそうとする人の好さや、不思議な前向きさに心が明るくなる。そういえば、悠といるとよく笑う気がする。

「参ったな……」

中華料理屋で、泣かれてしまってもうだめだった。忘れたはずの感情が疼いて、寄り添ってもらえたことがどうしようもなく嬉しかった。

なのに、ベッドの上では別人のように淫らにふるまう悠が頭をよぎる。あんなギャップは反則だ。

大事にしたいし、壊してやりたい。笑っていて欲しいし、泣かせてやりたい。訳が分からない。

寛貴は再び自嘲した。首を横に振る。仕事に集中だ。心の中で呟いて、呼吸を整えてからモニターに向かう。

ふと視界の端に、悠のぼろぼろの財布と五千円札が映った。おかしなことを言ったから動揺して置いていってしまったのだろう。

あとで待機所に持っていってやろう。悠の財布の中に五千円札を差し込む。こうでもしないとこの程度の金額さえ受け取らないのだ。他のボーイ達だったら、足りないだの言ってくるのに、だ。

気の引き方がわからなくて、こうして金を使うことしかできない。いい年をしながら、自分が情けなくなって深いため息をつく。

ばん、と勢いよく事務所の扉が開いたのは、寛貴のため息と同時だった。

「……お待たせしました」

振り向くと、肩で息をする悠がぎらぎらした目で寛貴を見ている。

「悠？」

「歯、磨いてきました」

唇を親指でこすると、ずんずんと大股で寛貴に向かって歩いてくる。

「五千円のキスですからね、手は抜けません」

寛貴の肩を掴んで背もたれに押し付け、足の間に膝を置いた。ぎし、と軋んだ音が響く。

「悠待て」

「黙ってください」

こちらを見下ろす悠の鼻息が荒い。ぎらついた様子と爽やかなミントの香りのギャップに軽く混乱する。

「いきますよ、キスしますよ、いいですね」

寛貴の顔に手を添えて、カッと目を見開いて唇を突き出す。まるで威嚇だ。目がちょっと血走っている。

「……悠？」

気圧されながらも、ふと添えられた手に目をやった。小刻みに震えている。

「もしかしてお前」

「黙って！」

　気づいてしまった。悠は全く余裕がない。いっぱいいっぱいなのだ。

　一瞬ぽかんとした後、ぷ、と寛貴は吹き出した。

「なんだ、ガッチガチじゃないかボーイさん。鼻息がくすぐったいぞ」

「う、うう、うるさい！」

　上気していた顔がさらに赤くなった。鼻息が荒いのは緊張だけでなく興奮しているせいでもあるのだろう。

「もう……笑わないで下さいよ、俺真面目なんですよ？」

「それは悪かった」

　謝りつつも笑ってしまう。もう知らない、と悠がふにゃりと拗ねて黙り込んだ。その顔が可愛くて、そっと顔を寄せて口づけた。

「んっ」

　悠の柔らかい唇に触れただけで、身体の芯が甘く震える。

　唇と唇をじゃれ合わせ、心地よい感触を味わう。怖がらせないように、こわばった悠の頬を温めるように手のひらで包んだ。

「ん、ふ」

　ゆるんだ唇の合わせ目から、舌を忍び込ませる。悠の肌がわなないて、無意識なのか鼻から甘い声が漏れる。侵入した舌の動きに、なめらかな悠の舌が控えめに応えた。
ぬるりと絡みつく感触に、何かが身体の中を一気に駆け上がった。

「悠っ……」

自分の声がひどく掠れているのを遠くで聞いた。じれったい。悠の髪の間に指を差し込んで頭を掴む。

「あっ」

机に押し倒した。書類がばさばさと床に散乱したが構わず悠にのしかかり、噛み付くようなキスをする。

「んッ！」

胸を押し返してきた手を掴んで机に押さえ込むと、悠の目が恐怖に瞬くのが見えた。甘くて薄黒い悦楽が昏(くら)いところから湧き上がって飲み込まれそうになった。

侵入して、求めて、絡めて、口内を強引に貪(むさぼ)る。ぬるつく感触に身体じゅうが痺れて更に深く探る。喰らい尽くしてやりたい。じゅる、という下品な水音が内側から響いて欲を更に煽る。互いの息が荒い。

「ん、ん、はあ、ッ」

欲望を叩きつけて貪って奪うキス。味わう粘膜はめまいがするほど甘い。混ざり合った唾液を素直に飲み込む悠に愛しさが増す。

「悠、ゆう」

唇だけじゃ物足りない。もっと悠が欲しくて頭が焼き切れそうだ。深く深く唇で交わって絡み合う。ぎちぎちに勃ちあがった下半身を悠の太腿に押し付けた。

「ひろ、き、んんッ」

呼吸が追いつかない。クラクラするのは酸素不足だけじゃない。回らない頭のまま、悠のシャツの下に手を潜り込ませる。ひんやりしたきめの細かい肌の感触は心地よくて更に溺れていく。

だから、いつの間にか事務所のドアが開いてそこに晶良が立っていたことにも全く気がつかなかった。

もちろん、その手にハンディカメラが構えられていたことにも。

悠が、背中をばんばん叩いている。だが、今更やめろと言われてもやめるわけがない。

悠の肌をまさぐっていた手を、今度はデニムの中に差し込んだ。尻を揉みしだく動きに悠が足をばたつかせる。

「ん!!　んん!!　んーッ!!」

「悠……？　うわあ!!」

「何してるの？　ナニしてるの？　僕も仲間にい・れ・て」

いったいいつからそこにいたのか。驚き固まる寛貴に構わず晶良は悠のシャツの裾を首までひっぺがして胸を露出させる。どれどれ、ふふ、乳首勃ってる、かわいいね。興奮でちいさく主張するそこを人差し指と親指でつまんでつんと引っ張った。

「晶良さ……ひゃ！」

「あき……晶良!!」

「こんな状況でもお尻を手放さない寛貴の根性は嫌いじゃないよ」

そのまま乳首を二本の指でクリクリといじりながらよくない笑顔を浮かべている。何も言えなくなっている様子に気を良くして、これ見よがしに舌を伸ばすと固くなった乳首をべろーり、と舐め上げる。あん、と悠の背がしなった。

教えてくれないとこのまま僕も仲間に入っちゃうよ、と楽しそうに笑う晶良を誰が止められるだろうか。

◇◇◇

「じゃ、説明してもらおうかな」

しばらく仕事が忙しくて店に来れなかったが、ずいぶんと小汚くなったな。晶良は横目

MOVEE
HANDYCAM
MOVEE
WIDE

で寛貴を眺める。

昔からそうだ。寛貴は、なにか悩み事があると身なりに出るのだ。

銀色のコーヒーメーカーに豆をセットしてスイッチを入れる。応接室に悠と寛貴を並べて座らせてから、晶良は笑顔でいつもの場所にゆったり座る。二人が揃って小さくなっている様子は滑稽で、晶良の唇に自然と笑みが浮かぶ。

「なになに？　なんでキスしてたの？　セックスするとこだった？　僕に黙ってデキてた？」

「ひ、寛貴さんが俺なんかとデキるわけないじゃないですか！」

勢いよく否定した悠の言葉に、寛貴がわかりやすくショックを受けて動かなくなった。

あーあ、かわいそうに。晶良が苦笑した。

卑下した言葉は、聞き方を変えれば寛貴を貶める意味にも取れる。悠は自己否定が他人を貶めることもあることをまだ知らないし、隣で寛貴が凍り付いてしまった理由もわからないだろう。

「じゃあなんでキスしてたの？　発情した寛貴に襲われた？」

「……悠の財布がひどかったから買い替えるようにと言ったんだが」

「財布とキスがどう関係あるのさ」

「寛貴さんが財布代って言って五千円くれたんですけど、そのまま受け取るわけにもいかなくて。そしたらじゃあキスを買うって」

「どんな財布？　……わーきったな！　へー、僕マジックテープの財布って初めて見た。ちょうどいいや、僕財布買い換えたかったんだ。これあげるよ」

質のいいジャケットの内ポケットから長財布を取り出して、中から紙幣とカード類を抜くとそのまま悠に差し出した。

「僕にはちょっとごついし使いにくかったんだよね。その財布よりいいでしょ。それに五千円じゃ大したやつ買えないよ」

財布は革製で表面にロゴが荒っぽくペイントされている。名のあるブランドの限定ものだ。悠は戸惑っていたが、どうせ捨てるものだと言ったら恐縮しつつも受け取った。

「ねえ寛貴」

コーヒーメーカーから香ばしい香りが漂ってくる中、指紋でも付いたのか持ってきたハンディカメラを布で拭いて、ふっと息を吹きかける。

「なあにその無精髭。何悩んでるんだか聞かないけどさ、この店で汚くなるのは僕が許さないからね」

「……」

イラついたように寛貴が目を細める。

ぽつぽつと寛貴がこぼしていたのは聞いていた。大方、何か悠にちょっかいをかけて失敗したのだろう。寛貴も悠も器用なタチではない。

かといって悠のことを嫌いになったり諦めたりする様子もない。寛貴の恋心はなかなかしぶといようだ。

「ハンディカメラなんて持ち出してなんのつもりだ」

「これ？　さっき買ったんだあ。いいでしょ。スマホより持ちやすいし撮りやすいよ。寛貴の熱ぅ〜いキスが撮れると思わなかったけど。あ、ありがと」

気を利かせた悠がコーヒーを持ってきてくれた。にこりと微笑むと、ふにゃふにゃの笑顔を返してくれる。

こんな初心な顔をした子が、ベッドの上であんなに貪欲になるなんて誰が想像できるだろう。つくづく人間は面白い。

「悠って今日予約入ってるの？」

とはいえ、悠の気持ちが寛貴に向いたままなのも癪だ。

「今日はまだです」

「良かったあ、じゃあ全枠埋めといて」

有無を言わせない笑顔を寛貴に向ける。笑顔の使い分けなら得意だ。

「全枠だと？」

「そ。オーナー権限で悠とたーっぷりセックスするの。キスだけじゃなくてね。いいでしょ？」

「……キスもセックスもＮＧだ」

「今更？　寛貴が勝手に決めたことじゃない。悠が良ければ良くない？　ね、悠、どう？」

顔を上げる。晶良の視線を受けた悠は、一瞬フリーズした後、頬を染めながら小声で「ＯＫです」と呟いた。

「どう？　店長」

笑顔の中で目だけが冷たいことに気づいたのだろう、寛貴はしばらく苦い顔をしていたが、しぶしぶと頷いた。

「悠、いっぱい気持ちよくなろうね」

悠を見上げてウインクをする。彼はぴゃっと跳ね上がると、トレイを抱きしめて真っ赤な顔でぴょこりと頭を下げた。小動物のような反応がいちいち可愛らしい。

「こち、こちらこそっ、あ、ありがとうございますっ」

「じゃ、今日はハメ撮りしよっか」

ハンディカメラを取り上げながら、邪気のない笑顔で邪気しかない言葉を伝えると、悠の笑顔がひくついた。

「そんなことのためにカメラを買ったのか」

吐き捨てるような寛貴の言葉に、悪い笑顔を向ける。

「寛貴も喜んでくれると思ったのになあ。ねえ、悠？」

こんなつまらない挑発にも、寛貴はまんまと嫌な顔をするのだ。

おいで、と悠の手を取ると指を絡み合わせる。

「綺麗な画面で見たいでしょ、悠のエッチなところ」

手のひらに指を這わせてくすぐると、ひく、と身体を震わせた。悠のスイッチを入れるのは簡単だ。

「あき、ら、さん……？」

ほうら、すぐに声が上ずる。晶良はひっそりほくそ笑む。

「監視カメラだけじゃ物足りなくない？　これも、そのパソコンと繋いであ・げ・る」

カメラに口づけて見せた。

「っ、仕事中だぞ」

「今更でしょ。いつも覗いてるくせに。ねー悠」

指先で、手首から肘の内側までゆっくり性感を煽る触り方で辿る。指の動きと言葉だけで体温が上がる、想像力が豊かで素直な子だ。

「悠もいっぱい見られたほうが嬉しいもんね？」

「そんな、こと」

けれど、少し潤んだその瞳がイエスと答えている。

「ね。見てあげてよ。寛貴も好きでしょ？」

「……勝手にしろ」

もう色々想像してしまっているのだろう。落ち着かない様子で寛貴は不自然なほど無精髭に触れている。

二人とも晶良の手のひらの上でくるくる踊っていることには気が付かない。

可愛い子たちだ。晶良は彼らに笑顔を向けた。

「ありがと。愛してるよ二人とも」

「ハメ？　撮り？」

予想外の提案をまだのみ込めないまま、丁寧にシャワーで身体を洗い流す。

あの綺麗な唇から時々、低俗で下品な言葉が吐かれることにそろそろ慣れてきた。泡を流しながら下を向くと、期待を隠しきれない様子で自分自身がアップをし始めている。恥ずかしくなって殴っても元気になるばかりだ。

自分のモノを見てもちっとも面白くないのに、他人のモノには興奮するこの現象は七不思議のひとつだ。残りの六つは知らない。

不意に、客に言われた言葉を再び思い出した。

『チンコ狂いのチンコ好きだね』

「う……」

プレイのひとつとして投げただけなのだろうその言葉は、悠の中でずっと刺さったまま抜けなくなっていた。

こんなはずじゃなかった。初めは男に対して抵抗がなくてラッキー、位に思っていたのに、どんどん変な方向にエスカレートしていった。お金のために始めたはずなのに、シミズ事件もあったのに、最近は楽しみになってしまっているのだ。

自分自身がわからない。冷静になって考えればぞっとする。

さっきだってそうだ。晶良に触れられただけで抱かれることを想像して身体に火が付いた。

「こんなの……色情狂じゃないか」

けれど、あの指はいけない。忘れようとして失敗した。

これから、寛貴に見られながら晶良と交わるらしい。頭ではだめだと思っているのにひどく興奮する。

寛貴は見るだけでいいんだろうか？　自分を抱きたいと思わないんだろうか？　さっきだってセックスみたいなキスをされた。自分の太腿に押しつけられた寛貴のソレは膨れ上がって脈打っていた。

いけないことだと思っていても頭が勝手に想像する。寛貴の、あのデカいのを眺めてしごいてしゃぶってぶっかけられて、押さえつけられて無理やりぶち込まれて、腹の奥まで犯される。

お願いしたら抱いてくれるんだろうか。でも「ヒロさんにアタックして玉砕した子もいた」とシュウは言っていた。あんなにレベルの高い店の子ですら玉砕するなら、自分なんて絶対無理だ。

一瞬、中華料理屋の前でキスされそうになった事を思い出して、期待しそうになる都合のいい自分の妄想を切り捨てた。

「だめだだめだ、これから晶良さんとするっていうのに、なんでこんな」

晶良とセックス。

意識した途端また別の妄想が走り出す。今度は止まらない。

晶良の指が、唇が、悠を全然知らないところに連れていく。優しい言葉で心の奥底にいたいやらしい自分を容赦なく引きずり出す。気持ちよくて、頭が動かなくなって、もっと欲しくなってしまうのだ。

「どうしよう……」

シャワールームでへたり込む。知らなかった頃には戻れない。自分の中に埋もれていた自分の欲望が理解を超えている恐ろしさに、頭を抱えるしかなかった。

プレイルームに入ると、店のテロテロのバスローブを着た晶良がベッドに横になってハンディカメラをいじっていた。動くたびにバスローブの布地が揺れて、晶良の身体の線が浮かびあがる。

引き締まった晶良の身体に惚れ惚れする。もともと美しいものが手入れされ磨かれているのだ。

「よ、よろしくお願いします」

「待ちくたびれちゃったよ」

座って座って、とベッドを叩く。言われるままベッドに腰掛けると、カメラレンズを向けられた。

「可愛いね。はい、じゃあまず名前と年齢を教えてー」

「？　伊浦悠、十九歳です」

「本名言っちゃうんだ」

「あっ、ハルカって言ったほうがよかったですか？」

「あは、いいよいいよ。お遊びだし」

晶良に言われるまま質問に答えていく。

「出身はどこ？」

「新潟です」

「スリーサイズ教えて？」

「スリーサイズ？　測ったことはないので、何かサイズ三つ……うーんと、身長は百七十、靴のサイズは二十五で、体重は……うう、内緒で」

「あ、今の可愛い。恥ずかしがってるの可愛いね。ねえ悠ほんとは百七十ないでしょ？」

なんとなく理解できてきた。これ、素人ＡＶの冒頭のインタビューごっこだ。そのためにわざわざビデオカメラを買ったのかと脱力する。

だけど楽しそうにしているし、しばらく晶良のお遊びに付き合うことにする。ついでに言うと百七十は確かにないけど、きっと伸びる、という悠の意思と希望が込められている。

「オナニーは週に何回してる？」

「最近は二、三回、かな？」

「どういう風にするの？　オカズは？」

「最近は、ま……前と後ろを……触りながら……オカズは内緒です……」

「自分でSだと思う？　Mだと思う？」

「多分、Mだと思います」

「だよねえ。いじめられてる悠かわいいもん。彼氏はいるの？　彼女かな？」

「いません」

「募集中かな。どんな人が好み？」

「好み？　……晶良さんが好きです」

「はい百点。ありがと。僕も悠のこと好きだよ。嬉しいけど、今モニター見てる男にもサービスしてあげて。他には？」

嘘を言ったつもりはないのに、軽く扱われてちょっとへこんだ。

「他には……えっえっ、ええと、ちんちんが、おっきいひと……」

寛貴を思い描いて出た形容が「ちんちんがおっきい」というのも失礼じゃないだろうかとも思ったが口に出してしまったものはしょうがない。案の定吹き出されてしまった。

「おちんちんおっきいひと好きなんだあ。いいね、エッチですごくいいよ。おちんちん好きなの？」

『ハルカちゃんはこんなに可愛い顔してるのにチンコ大好きないやらしい子だねえ』

忘れようとしていた言葉が蘇って、すうっと熱が冷めた。

「ん？　どうしたの？」

「俺、おかしいですよね」

自分でも驚くほど暗い声が出てしまった。晶良がカメラをひょいと外してこちらを見る。

「俺、嫌だなって思う相手でも、ちんちん見ると夢中になっちゃうんです。すごくムラムラしてずっと触ってたり舐めてたり。そしたらお客さんに『チンコ狂いのチンコ好き』って」

「誰に言われたの？　どの客？」

きゅっと晶良の眉が寄る。悠が慌てて手を振った。そんな顔をさせたいわけじゃない。

「僕の可愛い悠を貸してやってるだけなのに」

僕の可愛い悠、という言葉にドキっとした。自分の店のボーイという程度の意味なんだろうけど、都合のいい誤解をしそうになる。

「違います、プレイの流れでそう言ったんです。わかってるんですけど……」

「うん。いちいち怒ってたり傷ついたりしてちゃキリがないもんね。フェラとかに全然抵抗なくなっちゃって不安ってこと？」

不安というより恐怖だ。自分がこうだと教えられて刷り込まれた倫理観と、自分の内側から湧き出てくるものがかみ合わなくなってしまったのが怖い。

「自分の性癖がまだ受け入れられないってことなのかな。かわいいね」

「かわいくないです。これでも真剣に悩んでるんですよ」

拗ねたように唇を尖らせると、ぷに、と唇をつままれて笑われてしまった。

晶良の『性癖』という言葉に、少しだけ腑に落ちた。未知のものに名前が付けられるだけで恐怖はだいぶ和らぐものだ。とは言っても、自分の信じる従うべき倫理観との齟齬は埋められない。だってこんなの許されない。

「モラルのほう捨てちゃえば？」

「は⁉」

晶良は何でもない顔で、カメラのレンズを覗き込んで、そう思わない？　と呟いた。

「そこにあるものをないことにしたいっていうほうが不自然じゃない？　だったら悠のほうを優先させたらいいんだよ」

「どういう……えっ」

動揺している悠に、真面目なんだねえ、と晶良が肩をすくめた。

晶良の言葉をかみ砕こうとして失敗する。でも、だって、と要領を得ないことを繰り返す悠に、晶良がごめんごめんと声をあげて笑う。

「真面目な悠には意地悪だったかな」

晶良が身体を起こして悠の背に触れた。ふわりと晶良の柔らかい匂いに包まれた。真面目な話をするよ、と前置きをされる。

「悠ってエッチなことがいけないことだと思ってる？」

「えっ」

「エッチは悪いことじゃあない。好きな人とする大事で内緒の深いつながりだよ。一番深いところを見せ合って、身体をつなげて与え合って心を通わせて、好きだよって気持ちを伝え合う、ほんとはすっごく素敵な行為。気持ちがいいっていうのはおまけなんだと思う。ハメ撮り楽しもうとしてる僕が言っても説得力ないけど」

おどけた仕草で肩をすくめて、カメラを横に放り投げる。

「好きっていう気持ちと、気持ちいいっていうのを切り離すことができちゃうから問題なんだよね。好きじゃなくても気持ちよくなれちゃう。けど、ほんとは好きだと心まで気持ちよくなれるんだよ」

悠を軽く抱き寄せる。

「こうするとさ、人肌って気持ちいいでしょ？　身体がつながると心も一瞬だけ満たされるんだよね。ここに来るのは、知り合って好きになって気持ちを伝え合って、っていう大事な行程をすっ飛ばして、お金で気持ちいいことと寂しさの埋め合わせを買ってる人。セックスって最低限、お互いの同意がないとできない行為なんだから。……僕うまく伝えられてるかな？」

なんとなく伝わってます、と呟いてちいさく頷いた。

「後腐れなくただエロくて気持ちいいことを楽しみたい人もいるけど、寂しい人のほうが多いよね。人肌の温もりだったり、優しさだったりを欲しがってる人たち。だって射精だけだったら一人でもできるでしょ？　それを、お金を払ってでもしたいっていうのは、快感だけじゃなくて心の隙間を埋めてくれるからでもあるよね」

「……」

寂しい人と言われて、いくつか思い当たった。果てた後に時間ギリギリまで悠を抱きしめている客。金がないから二十分だけと受付で騒いで出禁になった客。実際に「寂しい」と口にした客もいた。暴言を吐いた客だって、結局寂しかったからかもしれない。

髪を撫でてくる指が気持ちよくて、思わず目を閉じる。

「欲望そのものは恥ずかしいことでも悪いことでもないよ。セックスなんて大人だったらみんなしてる。『ちんちん好き』なんて最高じゃない。好きな人の大事なところを愛してあげることが好きなわけでしょ」

「でも」

「チンポないと禁断症状起きちゃう？　街中で男の股間ばっかり見ちゃうとか隙あらば路地裏に引っ張り込んでしゃぶっちゃうとか」

「さすがに、そんなことはないです」

「いつもチンポのことばっかり考えてるの？」

「いつもじゃないけど、見るとだめになっちゃいます……」

「四六時中セックスのことばっかり考えてる男も多いんだから、全然まともだよ」

え？　とびっくりして目を見開くと、晶良が無邪気に笑っている。

「僕なんて好みの子見つけたらどうやって落とそうかっていつも考えてるよ。最近はもうずうっと悠のことばっかり」

「う……うそっ」

ほんとだよ、だって可愛いもん、と笑いながら、ちゅ、と音を立てて頬にキスをされる。

「素直で真面目なのは悠のいいところだけど、否定の言葉はそんなに素直に受け止めなくていいんだよ。かわいそうだなあって思って忘れちゃえばいい。嫌な客は出禁にしちゃってもいいし」

額を合わせながら、ね？　と言われれば顔を赤くして頷くことしかできない。

晶良さんは、なんでこんなに俺に優しくしてくれるんだろうか。こんなに綺麗で魅力的な人に優しくされると、もっと好きになってしまう。全然免疫のない自分は勘違いして、欲張りになって、きっとどんどんみっともなくなってしまう。

自分の店のボーイだからだ。プレイを楽しむためのリップサービスだ。必死に理性で言い聞かせる。これじゃ、どっちがサービスする側なのかわからない。

「なんでこんなに、優しくしてくれるんですか、俺なんかに」

「あはは、逆になんでそんなに自己評価低いかなあ。どうしてそう思うの？」

かき混ぜるように髪を撫でてくる、困った笑顔を浮かべる晶良が好きだ。

「どうしてって……だってずっと、そう言われてきたから、ずっと」

母さんに。掠れた声でうつむきながら悠が呟く。

ずっと否定されてきた。バカだと言われ、邪魔だと言われ、産まなきゃ良かったと言われてきた。自分は無価値じゃないと言われても、すぐには受け入れられない。

「そっか」

髪に触れていた指が離れて、我に返る。

「ごめんなさい、こんなこと言って。忘れてください」

聞かれたから答えたけど、嫌いにならないで。優しくされるのは怖いけど、嫌われるのはもっと怖い。

「すみません、プレイ中だったのに」

「プレイより悠の気持ちのほうが大事。でも真面目な話はこれでおしまい。ふふ、ちゃんと忘れられた？」

「わ、すれ、ました」

「いい子」

額に柔らかい唇が触れる感触。お願いだから、優しくしないで欲しい。これ以上好きになりたくない。もしかしたら手遅れかもしれない。こんなの困る、だって絶対叶わない恋じゃないか。

泣きたくなって、違う意味で平気じゃなくなってくる気持ちを無理やり押し込める。今はプレイ中。お仕事中。何度か深呼吸をする。

「もう平気です。えへへ、ごめんなさい。ＡＶインタビューごっこですよね？　どこまで話しましたっけ。ええっと、ああ……」

脱線したところに戻ろうとして、脱線のきっかけが『おっきいおちんちん』だったことにあたふたする。

「どうしよう、ちんちんじゃなくて、そんな、その」

「じゃ、今悠の目の前におっきいおちんちんあったらどうしたい？　カメラ見ながらやってみて？」

あたふたする悠を尻目に、晶良がベッドに放り出したカメラを取り上げると、笑いながらレンズを向けてきた。

「え？　バカみたいじゃないですか」

「バカみたいでいいじゃない。ふたりっきりで内緒でバカみたいなことたくさんしようよ。覗いてる奴はいるけどさ」

人差し指を唇に当ててウインクを投げられる。

晶良の言葉は魔法のようだった。今までいけないことだと思っていたことが、ほんとはすごく素敵なことだと気づかされて、ずいぶん楽になった。『大事なところを愛する』なんてちょっと照れくさいけど、そんな風に思えるなら悪くない。

「この、このくらいのやつ、……触って、眺めて、大きさ確認して、おっきくして……」

想像しているのは寛貴の股間だ。大きくそそり立つ様を思い出し、悠の瞳がとろりと蕩ける。男らしくていやらしい肉の塊。大きさを手で表して、言葉で説明しながら擦り上げる仕草をする。

このくらいの大きさで、こんな太さで。あんな風に熱くて。

ほうら、頭が途端にだめになる。ぼうっとしてそのことしか考えられなくなる。だけど、晶良が言うには悪いことではないらしい。

「うん、どうしたい？」

「握って、キスして、舐めて、先っぽとか、根元からとか、裏筋気持ちよくしながらいっぱい舐めて」

晶良の目の前で、他の男のものを想像している背徳感が更に興奮を煽る。

擦りながら口をそばにもっていって、舌を伸ばして舐める。構えたカメラの向こうから、えっろぉ、という笑い声聞こえた。

「くちに、入れて、喉の、ほうまで……」

あーん、と大きく開けたところに、想像したモノを右手で喉まで送り込む。

途端に、寛貴のモノを頬張った時の熱さと太さと息苦しさの記憶が悠の体温をぐわっと上げた。味と匂いが蘇って、頭の奥が痺れてくる。勃ち上がった悠自身がバスローブを押し上げる。

「ん……」

悠が興奮する様子を見て晶良が笑っている。今、舌が覗いて唇を舐めた。晶良も興奮しているのだ。

「ねえ悠、右手で何してるの？」

熱を逃がしたくてこっそり自身を握りしめたのがバレていた。

「ご……ごめんなさい……」

でも手が止められない。布越しに触りすぎたせいなのか、後戻りできないほどガチガチになって布にじわりとシミを作っていた。

「おっきなおちんちんでお口いっぱいにする想像だけじゃ物足りない？」

晶良が悠の口に指を伸ばしてきた。舌をぐっと押されれば、だら、と唾液がこぼれてしまう。

「んあ」

欲しがっていたところに与えられ、くらくらとした悦楽に満たされる。

ちゅうちゅうと吸いながら、舌で指の先端を舐め回す。

二本の指を出し入れされて、じゅぽじゅぽと下品な音がたつ。乱暴な動きが嬉しいのは何故だろう。だけどもっと大きなものが欲しい。

「悠のお口、ほんとにエッチだよね。上手になったね？」

悠の口から取り出した唾液まみれになった指を舐めて、「ん、おいしい」と晶良が笑う。

「あきらさん……」

指が抜かれてしまって、口が途端に寂しくなる。何かが欲しい。おっきなおちんちんじゃなくてもいい。キスしてほしい。切なくなって、あぐ、と口を動かす。

「だめだめ、僕じゃなくてレンズ見て。そうそういいよ、欲しくて涎垂れちゃったね。かわいい」

膝立ちになった晶良が、片手でしゅるんとバスローブの前を開く。

「はい、あーん。ストップ、がっつかないでね。カメラ見ながらこれしゃぶって」

「あ……」

差し出された晶良自身に、目を見開いた。

こんな大きいものが自分に入った？　力強く反り返ったそれは、顔に似合わず凶悪なサイズだった。

この間セックスした時は、ちゃんと眺める余裕なんてなかったからわからなかった。浮き上がった血管がどくどく脈打つ様子に、唾液を飲み込む。

ぐい、と頬に押し付けられたそれに、悠は恭しく口付けた。

弾力のある感触が唇に触れる。ちろ、と舌を這わすと、肉の味がする。晶良の味だ。

「ん……っ」

少しずつ咥えていくようなお上品なことができるわけない。根元を掴んで一気にソレを頬張る。

「っ……ん、がっついたらだめだってば」

勢いに晶良がベッドに尻をついてしまい、悠がその腰の上に覆いかぶさるように倒れ込む。喉奥までごつんと入ってきて身体がぞくぞく震えた。今、このきれいな人のいやらしいところを咥えていると思うと、ときめきと悦びでおかしくなりそうだ。

「こっち見て、ほら」

顎を掴まれて顔を上げさせられる。濡れた音を立てて唇から性器が外れた。咥えず舌を使って舐めろと晶良は言う。

「そうそう、下から、そう、上手上手、いいね。可愛い」

「あ、っ」

バスローブの隙間から手が忍び込んで、胸の突起をきゅんとつままれるとびくりと肩が震えた。自分でやっても大して気持ちよくないのに、なぜ晶良に触れられるとこんなに感じるんだろう？

「おっぱい見せて……うん、かわいいね、全部脱いで、僕も脱ぐから」

身体じゅうを熱くされたあと、うつ伏せの姿勢で腰だけ高く上げさせられ、尻肉を自分で掴んで拡げるように指示された。

孔に空気が触れるのに違和感を覚えつつ悠が羞恥で枕に顔を埋めていると、晶良の笑う声が聞こえた。近づいてくる気配。そこを舐めるようにカメラで撮っているようだった。ここ、ちょっとオトナになったね、と言われた意味がよくわからない。指で更に穴を拡げられて、エッチ、と笑われた。

「寛貴見てるかな？　悠のエッチなとこ、ほーら」

寛貴の名前を出され動揺していると、拡げられたそこに太いものがあてがわれた。くにくにと焦らすように動かされる。

すごい、ちゅうちゅう吸われてる、欲しいんだ、ナカのほうあっついね、と囁かれた後に一度離され、切なくて声があふれた。ふふふ、ひくひくして欲しがってる。いいの撮れちゃう。晶良の声は嬉しそうだ。

改めて晶良の先端が触れてくる。少し入って、少し抜かれて焦らされる。ゆっくり内側を拡げながら侵入してきた、想像以上の質量に歓喜した。

「……動くよ」

「あ、あ！」

MOVEE

ローションの滑りを借りて、挿入された質量がぬるりと動く。狭いところを晶良の大きなものが入ってくる感覚。ゆっくりと同じ速度で引き抜かれる。ぬちゅ、という濡れた音。

「あっ、あっ、……」

少しずつ速度を早められる。無理なポーズを取らされているせいで集中しきれないが、わざと多めにローションを使ってグチャグチャ音を立てられ、いやらしいことをしているのをいやでも自覚させられて恥ずかしくなる。

「音、やだ……」

「うん、エッチな音いっぱいしてるね」

「あっ……」

言葉で意識がスライドする。「エッチな音」が身体から響いている。羞恥が少しずつ興奮の燃料になる。こわばっていたところが緩んで、もっと欲しがり始める。

「ぐっちゃぐちゃに泡立ってるの見るの好きなんだよね……やらしくて……っ」

「あ、ああっ⁉」

ぬる、と引き抜かれてしまった。

少しずつ熱くなってきたところなのに、いきなり質量がなくなって戸惑う。なんとか首を捻って振り向く。

「晶良さんっ」

「ローションでてらてら光って、下のお口がちょっとだらしなくて、ああこれ、すごくいい……あー、涎垂れちゃってる」

垂れてる、と言われて慌ててお尻をきゅっと締めるが、興奮した身体は緊張が長く続かない。じわじわ緩んだところからローションが漏れてくる。

「ほらほら、また垂れて来ちゃうよ」

ふっと息を吹きかけられた。ひやっとした空気に再びそこがひくつく。かーわいい、と笑う声が聞こえた。

「み、見ない、で……っ」

小さな声で呟くが、自身が限界まで勃起して脈打つのが下半身じゅうに響いている。もっと見てもらいたい、もっといやらしい音を聞きたい。尻肉に指が食い込むほどさらに拡げる。

「ねえすごいエッチな格好してるのわかる？　いっぱい見られちゃってるんだよ？」

悠は何度も頷いた。恥ずかしいところを見られることにどんどん興奮を覚えていっているのだ。

「ねー、寛貴、見える？　すっごいエッチ」

「やっ！」

そこにいない寛貴の名前を呼ばれて、羞恥が最高潮に高まる。

「ひろっ、寛貴さん、見ないで」

想像する。ここにいない寛貴の視線が身体じゅうを舐める。血が逆流しそうなほどの恥ずかしさが興奮にすり替わって、恥ずかしいから見て欲しくなる。もっと恥ずかしいことをしてほしい。悠の中の知らなかった欲望がどんどん引き出される。引き出されて、肯定されて、今度は自分から取り出してみせる。

早く晶良が欲しくて、でももっと寛貴に見て欲しくて、さっきまで挿れられていたそこに指を差し込んで拡げると、熱くて柔らかくて思った以上に拡がる。

「あ、っ」

「あっは、えっろい。寛貴に見られるのそんなに嬉しいの？」

「ち、ちが、い、ますっ」

「僕よりあいつがいい？　いいよ、もっと呼びなよ。今は僕のものなんだから……ッ」

高ぶる晶良に焦らされすぎてもどかしいのに、これ以上煽られたらとんでもないことを言い出しそうだ。顔を上げて小指の先ほどの理性で声をあげるのと、じゅぷ、と音を立てて挿入されるのとは同時だった。

「ひ、ああッ！」

欲しいところに与えられて、甘さが身体にひろがってくる。こんなに気持ちのいい場所だっただろうか。だが疑問はすぐに快楽で遠いところに流されていってしまった。

「あ、ああっあ、ああ、あ」

揺らされるたびに声が出る。性器が丁寧に悠の一番いいところをゴリゴリと擦っていく。気持ちよくてそのことしか考えられなくなる。

「悠ここ……すきだよね……んっ」

「あ、ああ、それ、す、き、……っ」

身体じゅうが気持ちよくて、落ちた手が切なくシーツをかきむしる。

「かわいい……」

晶良がくすくす笑う。

「あっ、あっ、あきらさん、もっ……と」

「もっと、なあに？」

「もっと、……っ、ま、で」

「聞こえないよ、もっとおっきな声で……っ、ちゃんと、言って？」

優しいだけじゃない晶良の表情が、声が、なぜか嬉しい。命令されて喜ぶなんておかしいはずなのに、身体とこころがなぜか求め始める。きっともっと気持ちよくなれる。

「あっ、あん、おく、奥まで、あきらさんの、ちんちん、欲し、い、っで、す……っ！」

「いいこ」

悠の腰を掴む晶良の手の力が増す。気持ちのいいところは外さずに、勢いをつけて奥をがつんと突かれる。強い衝撃に身体が反り返った。

「あ、アッ!!」

痛いはずなのに、愉悦が全身に駆け巡った。頭の奥まで痺れてくる。このきれいなひとに獣のように蹂躙(じゅうりん)されていると思うと嬉しくて仕方がない。もっともっと、身体の奥の奥まで。すべてを晶良に捧げたい。

「晶良さん、あッ……、あきらさんッ」

目の前が快感で真っ白になった直後、びゅく、びゅ、と勢いよく白濁を吹き出す。

悠の高まる声も、姿も何もかも、無機質なカメラが写していった。

「……っくそ」

事務所の奥にある机に座る寛貴は、一人毒づいた。

『あっ、あっ、……』

抜き差しされる局部のアップと、こちらを見る悠の羞恥に溢れる表情が画面いっぱいに映っている。

　スラックスの前をくつろげて、寛貴は自身を扱き上げる。

「なんでこんなタイミングで……こんな……」

　イヤホンは片耳だけ。隣の待機室の笑い声が時々ドア越しに聞こえてくる。不意に誰かが事務所の前を通り過ぎる。神経を張り巡らせて、自慰がバレないように、いつも以上に配慮をする。

　いつもなら覗き見しても、こんなことはしないししようと思ったこともない。だが悠のことになると欲望のタガがぶち壊れてしまうのだ。

　悠の後孔から多めのローションが時折溢れ、わざとらしい雑な抽送のせいで白く泡立つ。

「っ……」

　つい声が漏れた。白い肌と、大きく口を開けて懸命に性器を飲み込むピンク色の粘膜と、白くなったローション。

　ぬぷ、と一度抜かれたときに、赤くなった粘膜がぱくりと口を開けていた。涎のようにローションが垂れる。

「うわ……」

　前のめりになって思わずモニターを掴む。一時停止できないのがもどかしい。カメラは無慈悲にもそこから遠ざかり、悠の顔が映る。晶良の言うままカメラに向かって、彼は自ら局部を拡げて見せた。

ローションでてらてらと光る後孔はとても淫靡で美味しそうで、柔らかそうで、包み込んでくれそうで、動かす手が早くなる。

「……っ、ふ、く」

小学生の頃、寛貴は見知らぬ中学生の女子生徒達に捕まって犯された。それ以来、女の身体は見るのも嫌になった。触れるなんてもってのほかだ。男が相手だろうと生身の人間との性交は苦手で、一番興奮できるのが他人の性交の覗き見だ。

『悠ここ、すきだよね……』

『あ、っ、ああ、あ』

それなのに、モニターに映る悠に触れたくて仕方がない。今すぐそこをどけ、と叫びたい。

いきり立ったこいつをぶち込んでやりたい。自分だけのものにしたい。ねじ伏せて犯して泣き叫ばせて恐怖で縛り付けて、めちゃくちゃにしてしまいたい。自分のモノによがり狂っておかしくなってしまえばいい。

『晶良さん、あきらさんっ』

「くそっ……！」

嫉妬で殺意が芽生える。なぜ悠は自分の名前を呼ばない？　理不尽な怒りが湧き上がる。

今はこんなに膨れ上がっている寛貴自身が、悠本人を前にしたらどうなるかもわからないのに。

大事にしたい、優しくしたい。大切にしたいのに。

寛貴は自分の中の気持ちがぐちゃぐちゃなまま、欲望を吐き出した。

待機室からの笑い声が寛貴の耳に戻ってきたのは、モニター画面が真っ黒になってしばらく経ってからだった。

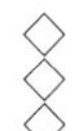

こんな風に、終わった後に寄り添ってくれる人のほうが珍しいというのは、最近知ったことだ。優しい目で見下ろされて、爪の先まで手入れの行き届いた晶良の指で、額に張り付いた髪の毛を丁寧に掬(すく)って耳にかけられる。ちょっとくすぐったくて首を竦ませた。

「そういえば、このお店ってどうしてROSE BUDっていう名前なんですか?」

「ん?　薔薇のつぼみって可愛いでしょ?」

「つぼみ?」

ROSEがバラなのは知っていたけど、BUDはつぼみだという意味なのはたった今知った。言われてみれば、表の看板に薔薇のつぼみが描かれていた

「悠みたいに可愛い、まだ咲く前の薔薇達がいる場所だから」

うつぶせでベッドに押し付けられる。首のうしろに晶良の歯の当たる感触。そのままやわらかい舌が背中を這う。甘い痺れが拡がっていく。

かわいいね、と囁く声と一緒に甘い吐息が耳に触れる。体温が上がる。晶良の触り方はいつもいやらしい。さっきしたばかりなのに、何かを期待させる指にぞくぞくする。治まっていたはずの炎が悠の中でちろりと頭をもたげてきた。

「誰かから聞かなかった？　ここは僕の好みの子たち揃えてつまみ食いする僕のお花畑だって」

つん、と両方の乳首を指でつままれて、もどかしさが身体じゅうに甘く拡がる。鼻に抜ける声がこぼれて自分で驚いた。

「じょうずに気持ちよくなるね。この店作ったのもさ、僕、特定の誰かに縛られるのが性に合わなくて。よく寛貴に不誠実だって怒られたからなんだ」

「晶良さんは、誰か大事な人を作ったりしないんですか？　縛るんじゃなくて、ただ、その、愛し合う……」

本当はそんな人いて欲しくない。自分のことなんて見てくれるわけがないけど、誰かの

ものになんてなって欲しくない。祈る気持ちで尋ねると、髪に軽く口づけられる。

「面倒だからね。悠みたいに可愛い子達と自由にいっぱいエッチなことして、気持ちよくなれれば僕は幸せだよ」

そう笑うと、悠の髪を撫でる。言葉と裏腹に、ただ優しいだけの指だ。飄々(ひょうひょう)とした言葉は雲を掴むようで、本心なのかもしれないが悠には理解ができない。

「嘘だ……」

「ふふ、嘘じゃないよ。ほんとだよ？」

「だって、そんなの寂しい」

ぽつりと呟いた悠に、晶良が一瞬だけ真顔になった。

「好きな人と愛し合うのが最高に幸せって教えてくれたのに、知ってるのに、そんなこと言うの嘘です」

本当に一瞬。だけどその真顔の奥に晶良の本質を見つけたような気がした。逃したくなくて言葉を続ける。

「寂しいからこのお店作ったんですよね？　晶良さん、この店に来るのは寂しい人だって言ってた。じゃあ作った晶良さんは」

「悠、だめ」

「寂しいならそばにいます。俺なんかでよければ。ダメですか？」

だってあなたが好きだから。

「悠」

悠の唇に人差し指があてられる。たしなめる仕草に言葉を止めたが、言い足りない悠は唇を不満げに引き結ぶ。そんな悠に、晶良が大人の笑顔を浮かべた。

「……いいよ。じゃあ、ひとつだけ僕の秘密を教えてあげる」

さらさらと流れる悠の髪を耳にかけ、そっと唇を寄せて小さな声で囁く。

「僕はね、大事な人を殺しちゃったんだ」

驚いて見上げた、微笑む晶良の表情は冗談とも本気ともつかない。殺した？　人を？　晶良さんが？　まさか、突拍子もなさすぎる。

「こ、殺、しっ」

「そ。こう、ナイフでね」

悠の首に指をあてると横にしゅっと走らせる。ひ！　と首を竦ませて顔色をなくす悠に、晶良が吹き出した。

「あはは！　なんて顔してるの。本気にした？　だめだよ大人の言葉には気をつけなきゃ」

「へ……」

ああまた、煙に巻かれた。

「ごめんね。でも悠は僕じゃないいんだから、僕のことはわからないよ、きっと」

やんわりと気持ちの境界線を引かれてしまった。柔らかい笑顔が、ここから先には入ってくるなと伝えてくる。

「でも……」

「この話はこれでおしまい。ね？」

頷く以外に選択肢はない。悠は、拗ねた子供のように晶良の胸元に潜り込んだ。

浮雲のような言葉が掴めないのはそこに晶良がいないからだ。恋心が空回りする。髪を梳いてくれる指は優しい。なのに好きな人がこんなにも遠い。

「……あーあ」

困ったものだ。

自宅に戻った晶良は、コーヒーメーカーのスイッチを入れるとソファにゆっくり身体を沈めた。革張りのソファは先月買い替えたばかりで、深く息を吸うとまだ新しい革の匂いがするから気分がいい。

晶良の住むマンションには、カラーの統一された最低限の家具だけが並んでいる。インテリアコーディネーターに任せた空間は、まるでモデルルームのように生活感がない。更に今日はクリーニングサービスが入った日なので、いつにも増して無機質だ。ただし、晶良にとってはその方が心地よい。生活感や人の気配がない方が落ち着くのだ。

「やんなっちゃうなあ」

真っ白な天井を見上げる。思い出すのは悠のことだ。

『だって、晶良さん寂しい』

「子供って、怖いな」

当たり前だ。いつだって寂しい。ある日突然人はいなくなるからだ。

幼い頃に母親を亡くした晶良には、義理の妹がいた。

晶良は小学生の頃、名のある家に養子に入った。今日からお兄ちゃんができたんだよ、と紹介され、おどおどとこちらを覗き込んでいたその小さな女の子は、くりくりの瞳が印象的な愛らしい顔立ちをしていた。にこりと笑いかけると、はにかみながら微笑み返してくれるその子を、もちろん晶良は一目で好きになった。

晶良にとってたった一人の妹だ。世界一大事で可愛くて可愛くて、どんなお願いだろうと叶えられるものは全部叶えてあげた。いつも自分の後ろをついて回った彼女は、みるみる美しく成長した。

「お兄ちゃん、大好き」

その言葉の意味が、いつの間にか違うものにすり替わっていたのに気が付いたのは、中学を卒業する頃だった。

妹を溺愛していた晶良は、望まれるままますべてを差し出してしまった。

晶良の立場がもし違っていたら、幸せな結末を迎えたかもしれない。けれど由緒(ゆいしょ)ある家柄というのは厄介(やっかい)だ。一番優先されるのは家の体面や威信。晶良と妹の関係が明るみになった時、当然のごとく糾弾された。晶良は一人暮らしを余儀なくされ、妹には常に監視がつくようになった。

ある日、晶良の許に訃報(ふほう)が届いた。彼女は自室で自ら命を絶っていた。

「……っ」

胸を押さえた。あれからずいぶん時間が経ったのに、思い出すと今でも血の気が引く。宝石のように大事にしていた、目に入れても痛くないほど愛していた妹を自殺に追い込んだのは他でもない自分自身だと思っている。だから「大事な人を殺した」というのは晶良にとって嘘ではない。今でも、冷たくなった妹の姿を夢に見る。あの時の晶良の立場は、自分の命さえ自分の後を追えたらどれほど幸せだっただろう。あの時の晶良の立場は、自分の命さえ自分のものにならなかったのだ。

このことは、寛貴にだって話したことはない。

最終的に、家督の権利は義父の弟、叔父に移った。けれど、晶良の持つ仕事の才能までは手放せないらしく、今でもつまらないつながりだけが残っている。

先日、悠が絡まれた騒動の後にあった会食も、その名残のひとつだ。

晶良は大きなため息をついた。

「困ったな……」

自分に向かって寂しい奴だと言い放った童顔の彼。全部見透かされた気がした。

あの日からずっと寂しい。誰かと心の底から繋がるのが怖い。大事な人が壊れてしまうのが怖い。失ってしまうのが怖い。あんな思いはもうしたくない。

だからもう、大事な人は作らないと決めたのだ。

何もかもわかった大人の顔で、自分だけの花園を作って、楽しく過ごしていたつもりだった。

なのにあの子は、見て見ぬ振りを続けていた自分の本音を言い当てた。

そうだ、自分はずっと寂しかった。寂しさを誤魔化すためにあんな店を作って、かりそめの恋人たちと触れ合って、満たされた気になっていただけだった。

思い浮かぶのは、悠のまっすぐな目。

しかも困ったことに晶良は、見透かされて、触れられて、寄り添われて、嬉しいと思ってしまったから本当にだめだ。

これじゃあ、まるで普通の男じゃないか。

「悠……」

出会った時の印象が、初対面の妹と被った。

真っ直ぐな視線で見上げてくるところや、大きな目が似ている。だからずっと重ねていた。

けど、あの子は妹じゃない。全然違う。真面目なくせにエキセントリックで、とんでもない底力があって、喧嘩が下手くそで、心にたくさんついている傷をまだ癒せないままでいるのに、生命力にあふれている。

あんなに真っ直ぐで美しいのに、美しいことに気づかせてもらえなかった。粉々の自尊心を今も大事に抱えている様子が、気の毒なほど愛しい。

「可愛い……」

悠のなにもかもが可愛くて仕方がない。愛しくて愛しくて、大事にしたい。もう作らないと決めたのに、大事な人になってしまった。

自分一人のものにするのは、まだ怖い。だから大事に囲えるように、気が許せて好みが合って、必要以上に干渉してこない、そんな相手と一緒に可愛がる。都合のいいことに、ちょうどいいのが一人いる。

「ありがとね、寛貴」

コーヒーの香りが部屋中にあふれている。晶良はゆっくりとソファから身体を起こすと、コーヒーカップを取り上げた。

困ったことに最近、体調が悪い。

食欲がない。夜眠れない。講義や仕事に集中できない。頭の中が晶良と寛貴のことでいっぱいだった。つまり恋煩(こいわずら)いだ。ミュウを吸うと回復するけど、すぐに元に戻る。

寛貴とは相変わらずぎくしゃくしたままだった。恥ずかしい目に遭った先日、帰り際に挨拶すら返されず食事が喉を通らないほど落ち込んだ。きっと嫌われた、そう思いながら出勤した翌日、今度は挨拶を返されただけで舞い上がる。感情の上下が激しくて目が回る。

晶良に対しても同じだ。優しくされて浮かれていたのに、自分がいない時に別のボーイを指名したことを知ってどん底まで落ち込んだ。落ち込むことすら図々しいと頭ではわかっていても気持ちは簡単についてこない。

彼らへの恋心をはっきり自覚してしまってから、もうずっとこの状態だ。

一番困ったのは、ROSE BUDでの仕事だ。客に触れた瞬間、嫌だ、違う、という気持ちが込み上げ、涙があふれてしまった時には、自分でもどうしようかと思った。幸いなことに相手は常連客で、気遣われながらなんとか終わらせることができたのだが、その日はもうそれだけで疲れ果ててしまった。

悠の様子がおかしいことにシュウだけが気づいた。理由は聞かないでいてくれたけど、なんとなく察しがついているようだった。

「なんかあったら慰めてあげるから」

そう言って背中をさすってくれた。その日はそのまま帰らせてもらった。

仕事をしないと彼らに会えない。だけどもう客に触れるのが辛い。彼らに会うには仕事をしなくてはいけないのに、仕事にならないなら店に行けない。

「潮時なのかな」

灯りもつけず暗い自宅で呟いていたら、心配そうにミュウが寄り添ってくれた。

晶良に本気になりすぎてクビになったボーイもいたらしい。寛貴にぶつかって玉砕したボーイもいたという。きっと間違いなくクビにされる。

そうだ、まだまだお金に余裕はないけど、ボーイとしてもう働けそうもないんだから、さっさと辞めて他のバイトを探すのが妥当だ。

でもそうしたら寛貴さんにも晶良さんにも会えなくなる。

「……そんな……」

もう会えなくなるかもしれないと思うと、心が嫌だと叫んだ。涙が出てきた。会って、話して、笑顔が見たい。

これが恋だというなら、こんなに辛いことはない。誰だ、恋が楽しいなんて言ったのは。

恋をすると強くなるなんて歌ったのは。辛くて心細くて痛くて悲しくてどんどん弱くなる。比喩(ひゆ)じゃなく胸が痛くて苦しくて、今にも死んでしまいそうだ。

「会いだいよお……」

しゃくりあげる。涙が止まらない。ほうら、こんなバカみたいで情けない自分が好かれるわけないだろう？　心の中のよく知る誰かが囁いた。

ちょっと優しくされたからって調子に乗って、二人どちらか選べないほど同時に好きだなんて、傲慢すぎて最悪じゃないか。つまらなくてどこにでもいるこんな男が、平凡でいくらでも換えがきく自分が、あんな魅力的な人、しかも二人に同時に選ばれるなんて都合のいい妄想すぎる。お前なんて、愛されるはずがないんだから。

母親にだって、大して愛されていなかっただろう？

囁かれた言葉にハッと息を呑んだその時、部屋の中に着信音が鳴り響いた。

「っ！」

スマホ画面に「ROSE BUD」の文字が浮かび上がっている。

しばらく行けないと伝えたはずだ。なんだろう？

恐る恐る電話に出ると、聞こえてきた朗らかな声に飛び上がりそうになった。

『寛貴から最近来なくなったって聞いたけど、忙しいの？　悠に会いたいな。会えない？』

「晶良さん……」

一番聞きたかった声が、スマホから流れてくる。

『悠？　どうしたの？』

会いたいと言ってくれた。自分だって会いたい。今すぐ会いたい。ずっとずっと会いたいと思っていた。

「あぎらざん……」

『泣いてる？　悠？　何かあった？』

会っていいのかわからない。だけど会いたい。会いたい。

「あ……」

それきり、言葉を発することができずに悠はしばらく子供のように泣きじゃくってしまった。

何も聞かずに『そっち行くから』と電話を切った晶良が悠の自宅に訪れて、問答無用(もんどうむよう)で「おいで」と外に連れ出したのが二十分ほど前。車の後部座席で、泣きっぱなしだった悠の涙がようやく止まった。泣きすぎて頭が痛い。

「落ち着いた？」

晶良の声に頷くと、車の中を見回す。知らない高級車だ。運転席には制服姿の運転手。窓の外をネオンの光が次々に流れていく。

「大丈夫、おかしなところには連れて行かないよ」

晶良が微笑んだ。優しい微笑みに、また涙がにじみそうになる。

目の前に、晶良がいることがまだ信じられない。晶良の匂いがする。本物だ。ずっと手を握っている。体温を離したくなくて悠が離さないのだ。

「俺、最低なんです」

掠れた声でようやく発した一言目がそれだった。

「うん、どうしたの？」

「晶良さん、俺」

「うん」

「俺、晶良、さんの、ことが」

「うん」

「あきらさんが、す、すっ、好き、好きです、好きなんです、ほんとです」

落ち着いたのに、また涙が溢れてきた。少し驚いた晶良が、ぽろりと流れる涙を親指で拭いながら顔を覗き込む。

「ほんとに？　嬉しいな、悠から言ってくれると思わなかった」

「でもっ！」

握っていた手を離して距離を置く。がつん、と窓に頭がぶつかった。

「でも俺！　最低で！　晶良さんのことすごく好きなのに、同じくらい、ひ、寛貴さんのことも、好き、で、……っ」

「悠？」

手を伸ばされているけど首を横に振る。

「ほんとに、ほんとに好きなんです。晶良さんのこと、本気なんです。でもどっちも好きで、どっちも好きとか、最低で、俺、晶良さんも寛貴さんもみんな好きになるくらい魅力的だから好きになるのなんて当たり前なのに、俺、バカだから本気で死にそうに好きになって、なのにどっちも」

「悠」

「最低で自己嫌悪が止まらないんです。わからないんです、二人とも好きなんです、好きで好きで好きで、晶良さんのこともすごく好きで、めちゃくちゃ好きで、だめになっちゃうくらい好きで、でも、だから、もう」

「お店に来れなくなった理由って、それ？」

晶良の声はあくまで柔らかい。顔を上げると、晶良は微笑んでいた。こんな最低な自分を責めないどころか優しくしてくれるなんて、意味がわからない。でもその綺麗な微笑みにほっとしてゆっくり頷くと、晶良が悠の手に手を重ねてきた。手を引き抜こうとしたけど掴まれた。

「晶良さんと寛貴さん以外に触りたくないことに気がついたらだめでした。図々しいですよね、晶良さんも寛貴さんも素敵な人で、好きになって当たり前なのに。勘違いしちゃって、俺、クビですよね」

「クビになんてしないよ」

掴んでいた手を引かれて、抱きしめられた。シートベルトが肩に食い込んだけど、抱きしめられたことが嬉しくて、晶良の匂いが柔らかくて、それどころじゃない。

「好きだよ悠」

「晶良さんっ⁉」

涙で服が汚れるのも構わずに、悠の髪に鼻を埋める。

「僕は悠の、そういうまっすぐなところ敵わないや」

ふふ、と笑ったのが振動から伝わってくる。

「あのね、君は僕を救ってくれた。ただの男にしちゃったんだ」

「救……？」

「自分でも信じられないよ。寛貴だってそうだよ。悠が悠であるだけで、僕らは救われた」

「うそ」

「嘘じゃない。悠は嬉しいことたくさん言ってくれるけど、僕だって人間だよ。苦しんで悩んで傷ついて迷ってる。悠が可愛くてエッチなだけの子だったら、僕も寛貴もこんなに執着しないよ」

晶良の言葉が信じられない。

「もうすぐホテル着くから、今日はゆっくりしよう」

連れてこられた部屋はばかみたいに広かった。寝室が三つあるしグランドピアノまで置いてある異世界だった。主寝室のベッドは悠が五人くらい寝れるほど巨大なものだ。

「ちょっとわがまま言っちゃった」と晶良が笑っていたが、悠には何がわがままなのかわからない。あとから、ベッドをこの大きさに入れ替えてもらったことを教えてもらったが、異世界のベッドは信じられないほど広い、と悠の脳内の探検手記に記された。

せっせと五人の悠の愉快な冒険の妄想に励んでいたら、後ろから押し倒された。晶良はやけに上機嫌だ。

「ねえ悠、実はさっきもう一人呼んだんだけど」

「ここに?」

「そう。もうちょっとかかるかなあ」

「誰ですか？　俺知ってる人ですか？」

「そうだね」

伏せ気味の瞳で思わせぶりに笑い、誰が来るかというのは悠には明かさない。

「その人、何しに来るんですか？」

「3Pだよ」

「さんぴー」

頭の中で「さんぴー」を変換する。3P。三人でするやつだろうか？

「三人でってことですか？」

「うんそう」

「三人で、セ、セッ、くす」

どっと汗がふき出した。3P、つまりもう一人違う誰かと触れ合わなくてはいけない。

とっさに「嫌だ」と口にしそうになる。もう晶良さんと寛貴さん以外とは触れ合えないと伝えたのに。

ちらりと晶良の顔を窺う。

「どう？」

いつもの笑顔が眩しい。ときめいて、気持ちがふわっと明るくなる。

もしかして、ボーイとしてちゃんと働けるようにリハビリさせようとしてくれてると か？　そうだ、晶良さんが考えなしにこんなことするはずがない。

悠は大きく頷く。都合のいい妄想は得意なのだ。

懸命に頭を仕事モードに変換する。今日はゆっくりする、と言われたから何もないのかと思っていた自分が浅はかだった。

晶良と、悠と、もう一人でセックス。想像してみて、うん、大丈夫、できる。どういう形になるのだろうか。もう一人と一緒に晶良にご奉仕するのだろうか。想像して悪くないなと思ってしまった。晶良のよく手入れされたきれいな身体にならば、言われるままどんなことでもしてあげたい。

それに、だ。

相手によって、流れによって、悠は童貞を捨てられる可能性があるということだ。筆おろしができるなら相手は男でもいい。悠の目が期待に輝いた。

「早く来てくれないと僕眠くなっちゃうよ」

ふあ、と欠伸をしてころりと横になったその時、呼び鈴の音が響いた。

晶良を尻目に悠は起き上がり、乱れた髪を直しつつドアに向かう。

誰だろうか？　ドキドキしながら、ゆっくりとドアを開ける。

「はーい、……！」

目の前に、見たことのある黒のトレンチコートの胸元。視界に顔が入らない。奇妙なデジャヴ。どくん、と心臓の音が響く。

「悠」

聞き覚えのあるバリトンボイスが頭の上から甘く響く。

「ひ、ろき、さん?」

そこには悠の良く知る美丈夫が、少しばかり気まずい表情を浮かべて立っていた。

来る予定の誰かが都合悪くなったんですか? 穿ちすぎだな。晶良さん呼んできましょうか? 嫌だ、まだ寛貴さんと一緒にいたい。月が綺麗ですね。なんで突然のアイラブユー。

何かを言おうとしても口から出てこない。悠の視線を居心地悪そうに受け、寛貴が口を開いた。

「晶良に呼ばれたんだが……」

寛貴は部屋に入ると、トレンチコートを脱いだ。コートの下は珍しくネクタイを締めたスーツ姿だった。スリーピースのスーツを筋肉が程よく押し上げて美しいラインを描いていて、ストレートチップの靴は丁寧に磨き上げられ鏡のように黒光りしている。

「スリーピース！　か……かっこいい……スリーピース……」

ただでさえかっこいいのに、いつもより何割増しもかっこいい。目が合うと顔が赤くなるのがわかった。

「あの、コート、預かります」

「晶良の指示だ。人と会うからと言われて……どういうことだこれは。なぜ悠がここに？」

悠はクローゼットにコートをかけると、ドキドキしながらも寛貴を部屋まで案内した。

「晶良さん晶良さん、寛貴さんが」

「悠おそーい……ああ、寛貴来たね。いいじゃない。すっごい男前だよ。これでチンポでっかいんだから最高だよねえ？　悠」

人の悪い笑みを浮かべた晶良に、どう返せばいいのかわからず赤くなったまま黙り込んだ。

「でかいベッドだな。晶良、呼びつけた理由はなんだ」

「見てわからない？　指名だよ」

「指名⁉」

悠と寛貴が同時に声を上げた。

「聞いてないぞ、俺はそんな」

「寛貴さんボーイじゃないのに」

指名した？　晶良さんが寛貴さんを？　別の用事でここに来たわけじゃなく？　じゃあ今日これから、晶良さんと三人でするために呼んだ相手は、寛貴さん？

「うそだ……」

悠の童貞喪失の機会は潰えた。それはとりあえずどうでもいい。

「本当だよ」

晶良はあくまで楽しそうだ。

「セックスしようよ」

晶良の言葉に、寛貴がぐっと口を閉ざす。二人の様子を見守る悠の胸が高鳴った。無意識に息を詰める。

「別に見てるだけでも構わないけど、どう？　好きでしょ？　目の前で見たくない？」

晶良は相変わらずベッドに寝そべりながら、笑みを浮かべている。

「悠、すっごく可愛いよ？　可愛いだけじゃなく具合も最高なんだけどね」

寛貴の喉がゴクリと動くのを見た。

「だが……」

「悠は嫌？」

晶良の問いに、寛貴が首を振った。

嫌ではない、という返事に、膝から崩れ落ちそうになる。

「じゃあ本当に寛貴さんなんですね、もう一人」

「そうだよ。今日はいっぱい楽しもうね」

ベッドの端に移動した晶良に手招かれた。ふらつきながら近づくと、腰に腕が巻き付いて後ろ抱きにされた。寛貴がこちらを見下ろしている。

寛貴とセックス。夢じゃないだろうか？　何度も想像していたことが現実になる。嘘みたいだけど、絡みつく晶良の腕が温かいから嘘じゃない。これからのことを思うとドキドキして舞い上がりそうになる。

けど、寛貴は嫌じゃないんだろうか？　何も知らないまま晶良に言われてここに来たようだし、今もまだ戸惑っている様子だ。

「寛貴さん、いいんですか？　俺なんかのこと、抱けます？　無理なら、その」

恐る恐る、悠なりに思い切って聞いてみる。すると寛貴は真っ直ぐこちらを見つめた。

「抱きたい」

まるで迷いのない返事に、息が止まる。

なぜ、どうして。寛貴の視線が熱くて、誤解しそうになる。多分誤解じゃない。でも誤解ってことにしておかないと自惚れそうになる。

心の中で必死に否定する。こんな人が、こんなに素敵な人が、こんなに誠実な人が、自分みたいな人間を好きになるはずがない。こんな、何もできないつまらない自分のことなんて。

「だめです……俺、だって」

身体が震えてきた。

「俺、寛貴さんが好きです。だけど、晶良さんのことも好きで、どっちかを選べない最低なやつだから、だめです、平凡以下の俺がこんなに傲慢で、きっといつかバチが当たる。そんな不誠実……」

「悠」

顔が見れない。きっと呆れられている。いたたまれなくて、手を強く握りしめる。すると背後から困ったような笑い声が聞こえた。

「困っちゃうよねえ、思い込んだことが悠にとってのほんとのことなんだから。ねえ寛貴、最近悠が調子悪かったのって、僕ら以外の、他人に触るのが辛くなったからなんだって。僕は悠のこと、ちっとも不誠実とは思えないんだ、け……ど……」

晶良の言葉が途中で消えた。不思議に思って顔を上げると、寛貴が片手で顔を覆っている。

「寛貴さん？」

「なんだそれは。いつからだ？」

ため息混じりの寛貴の声が、少し震えていた。

「自分はずっと好きだった。会った時からだ。お前はノンケだと言っていたし、食事に行った時に拒否されたから諦めようとしていたんだが……」

寛貴の表情は見えないままだ。晶良が悠の肩に顎をのせ、食事？　いつの間にデートしてたの？　と興味深そうに顔を覗き込むが、構わず寛貴は言葉を続ける。

「だがその必要はないらしいな」

顔を上げた、寛貴の長い睫毛が濡れているように見えた。気のせいかもしれない。

「悠、好きだ。愛してる。晶良のことを好きだったとしても構わない」

「寛貴、さん……」

初めて言葉にされたそれは、悠のつまらない自己否定を揺り動かす。

「キスしてあげて、悠」

晶良に囁かれた。

「優しくね。優しくしてあげて」

心臓の音がやけに大きく響く。

顔をゆっくり近づけて、唇に唇を押し当てる。たったそれだけなのに、悠を縛りつけていた劣等感や不安や恐怖がすうっと溶けてなくなっていく。

「ん」

どうしよう、すごく嬉しい。まるで、寛貴の気持ちが触れたところから流れてくる気がする。情熱的で、甘いキスに心が震えてくる。

唇を甘噛みされて舐められて、少し口を開いて舌を絡ませる。

二回目のキスがこんなに優しいと思わなくて、どんな顔をしていいのかわからない。うろたえる。どぎまぎする。混乱する。

「ひろ、き、さん」

悠を見つめる寛貴の視線は熱い。

「悠」

けれどその視線の奥に、欲望がはっきりと見てとれた。

すると不意に、悠を抱きしめる晶良の腕の力が強くなった。

「悠は僕のことも好きなんだもんね？」

慌てて振り向くと、悪戯っぽい笑顔がそこにあった。ね？　と頬をつままれ、どうしたらいいかわからずオロオロしてしまう。怒ってる？　晶良の目の前で寛貴とキスをしてしまった。だって晶良さんがキスしろって、寛貴さんとのキスなんて拒めるわけないし、あ、でも、嫌われただろうか？

「好き……好きです、好きなんです、ほんとです」

　じゃあ、僕にもキスしてくれる？　と言われたから、首を伸ばして軽く一度唇を合わせた。

「いい子。キスできたね。じゃあ平気かな？」

「え、……っわあ！」

　服を胸までまくり上げられて露出させられた。部屋の空気は思ったよりも冷たくて、寒さで乳首がきゅうっと勃ってしまうのがわかった。

「ん、乳首勃っちゃったね。ねえ、悠のおっぱい可愛いの。ちゃんと感じるんだよ、えらいでしょ」

「ひゃ」

　寛貴に向かって乳首を見せびらかすように下から薄い胸を揉みしだき、親指と人差し指でつんと挟む。思わず甘い声が出る。寛貴の視線が強く刺さるのを感じた。

「や、やだ」

「嫌？　嫌ならやめるよ。ほんとに嫌ならね」

　首筋から耳まで舐め上げられる気持ちよさに、なぜか胸まで快感が増す。晶良に触れられるといつもおかしなことになる。寛貴に視線で嬲(なぶ)られるのもだめだった。股間が硬くなって布を押し上げているのが恥ずかしい。

「悠のおっぱいにキスしてあげてよ、寛貴」

ほら、と胸を差し出される。ジャケットを脱ぎ捨てた寛貴が屈みこみ、悠の腰を掴むとちいさな粒に舌を這わせた。

「あ、あ」

吸って、舐めて、濡れたところを舌で押しつぶされ、身体をぞくぞくと甘さが駆け抜ける。ぴんと背を仰け反らせると、背中に晶良の熱が触れた。

「見て、悠」

示された先には、布地をぱつぱつに押し上げた寛貴の下半身。悠は無意識に喉を鳴らす。

「欲しいって。ご奉仕してあげて」

寛貴が晶良を軽く睨みつけた。

「ご奉仕？」

「舐めてあげて」

寛貴、座って、とベッドに座らせた。

手を伸ばして、寛貴の脚に触れる。質のいい布地の下に、鍛えられた筋肉の弾力。おずおずと優しく内腿を撫で上げてから、ベルトとスラックスのボタンを外す。

布地の上から存在を確かめるように何度か撫で回し、ドキドキしながら手を添えてそれを下着から取り出す。勢いよく飛び出したそれは相変わらずの質量で、悠は思わず熱いため息を漏らした。

記憶よりずっと大きいそれは熱くてどくどくと脈打っていて、いやらしくて身体の奥が疼く。

ボーイの仕事をして、客のモノもたくさん見てきたし触ってきたが、寛貴のコレは格が違いすぎる。

そっと顔を寄せて茎に口付けた。触れるたびにびくびく震えながら更に育っていくそれが愛しくて、何度もキスを繰り返す。

筋に沿って唇を這わせた後、大きく口を開けてかぶりつく。先端からゆっくり口に含むと押し上げてくる弾力で口の中がいっぱいになって、息苦しくなる。でも同時に嬉しさに頭が痺れてくる。

「悠相手だとほんとに萎えないんだね」

「うるさい」

晶良の手が悠の上着を脱がせていく。さっさと脱いでしまえばいいというのはわかっている。だけど、少しでも離したくなくて駄々っ子のように寛貴のモノに縋りつく。

「悠ってば、逃げるようなものじゃないんだからがっつきすぎないの」

上着を剥ぎ取られた拍子に、悠を支えていた晶良の手の力が緩んだ。ごつん、と寛貴の性器が喉を突く。

「んぐッ！」

衝撃が喉奥に響いて、えずきが湧き上がる。

「悠、だーめ。ゆっくりね」

頭を掴んで助け起こされた。ぶは、と新鮮な空気を吸い込み、肩で息をする。少しだけ恨みがましい目を晶良に向けてから、再び寛貴の性器に口を寄せる。酷い目に遭ったと思っているのに、下着にじわじわとシミが拡がっていくのを感じた。

寛貴がネクタイに指をかけてしゅるりと解き、汗で張り付いたシャツを鬱陶しそうに脱ぐ。露わになった上半身もしっかり鍛えられていて、服を着ていた時よりもずっと逞しく見える。

悠を見る寛貴の顔は上気して、苦しそうにも見える。感じてくれているのだ。大きな手で悠の頭を撫でているが、時折髪の毛を掴んで握りしめるのは快感を逃がすためだろう。

「悠にしゃぶられて感じちゃってるんだよ。すぐイッちゃったらごめんね悠、ほら、寛貴あんまり慣れてないからさ」

「っ、黙れ」

晶良が悠のデニムをくつろげて下着を一気に引きずり下ろすと、ぶるん、と勢いよく悠自身が飛び出した。

「悠、すっごい濡れてる。ローションいらないんじゃない?」

ほら見て、チンポ舐めてるだけでパンツびっちょびちょ。裸にした悠の足の間を探ると、先走りを手に絡めて寛貴に見せた。

「やだ、晶良さん、や……っ」

「寛貴のしゃぶってこんなにいっぱいガマン汁出ちゃうんだって。可愛いよね」

指と指の間に糸が引く。晶良がそれをぺろりとしゃぶる。

「悠、僕のも舐めて。あーんして」

ニットを脱ぎ捨てて上半身裸になった晶良がファスナーを下げて自身を取り出し、悠の口元に近づけた。

目の前に差し出された晶良の相変わらず凶悪な大きさのそれも、悠にはひどく魅力的に映る。美味しそう。気になってついチラチラと見ていると、囁かれた。

「だめ？　僕のは舐めてくれない？」

お願いだよ。晶良の甘い声に、慌てて唾液でぐしょぐしょの口を開く。

「んあ……」

先端を咥えそのままぬるりと根元まで飲み込んだ。熱くて固い肉の感触を口の中すべてで味わうと寛貴とは違う味がする。ふたつの肉の塊が自分に向いているいやらしい事実がたまらない。

「おいっ……」

「んッ」

余裕がないらしい寛貴に、髪を掴んで乱暴に顔を上げさせられる。ちゅぽ、と晶良の性器が口から外れた。引き寄せられるまま、片手で愛撫していた愛しい寛貴のおっきなおちんちんを再び口に含む。

口の中のあちこちに性器が触れるたび、小さな快感が爆ぜる。見つけた上顎の気持ちのいいところに脈打つ性器の先端を擦り付けると先走りがどくどく溢れてくる。飲み込みきれない寛貴の先走りと自分の唾液のせいで首までびしょ濡れだ。

「く、っ」

寛貴のモノが膨れ上がる。射精が近いのか、息を荒げて悠の頭を掴んだ。喉の奥まで犯されるのかと、少しの恐怖と期待に胸を震わせていると、晶良のたしなめる声がした。

「だめだよイっちゃ」

声と同時に、寛貴に固定されていた悠の頭が自由になる。晶良が寛貴の手を払い落としたらしい。

「悠、おいで」

晶良に引っ張り上げられ、含んでいたモノが口から外れた。胡座をかいた晶良の上に後ろ抱きで座らされ、両膝をひょいと持ち上げられると大きく開脚させられた。晶良の膝の外側へ足を置かれれば、閉じられないばかりか、すべてを寛貴の前に晒すことになってしまう。羞恥と昏い悦びに身体を震わせると、先走りが跳ねた。

晶良がローションをまとわせた指で、悠の身体を撫で回す。

「あ、んっ」

晶良の指はわざともどかしいところばかりを触れていく。足の付け根、下生え、会陰、尻肉、内腿。悠の屹立がわななないて、露わになった後孔が足りない切なさにひくついた。

「あ、や、っ……」

「挿れて、いいのか」

すべて脱ぎ捨ててベッドに乗り上げた寛貴がにじり寄りながら、掠れた声で呻く。ぎらついた視線が、てらてらと濡れて光る悠の身体を舐め回す。

「まだだめだよ。ふふ、悠の毛、柔らかーい」

くるくると撫でてから下の毛に指を絡ませて軽く引っ張る。今の悠はそんな刺激まで快楽に変えて鼻を甘く鳴らす。浴びせられる寛貴の獰猛な視線も、悠を高ぶらせるばかりだ。甘いだけの刺激がもどかしい。もっとぐちゃぐちゃにして欲しい。たまらず身体をくねらせる。

「見られるだけでイけちゃうんじゃない？　……でもまだイっちゃだめだよ？　悠」

ローションをどろりと性器に垂らされる。谷間まで流れ落ちたローションを、すくい上げるように陰嚢から陰茎をゆるく撫でられ、悠の腰が震える。でも、全然足りない。もっとたくさん触って欲しい。

「もっ……もっと、して、触って……！」

寛貴が身もだえる悠の片足を取り上げ、足の指に口付けて舌を這わせてから咥えた。

「あ、ッ!? あ、んっ！」

じゅる、という下品な音をわざと立てながら指を吸い上げられ、すべての指と指の股を丁寧に舐められる。悠は、ぞくぞく這い上がってくる初めての悦楽に戸惑いながら呑まれていく。あ、あし、何これ、と身体を震わせていると、晶良の指がずぶりと後孔に侵入した。

「や、ああ、あ！」

与えられた刺激に夢中で喰らいつく。背中を反らせば、ささやかな快感が最大限に増幅される。こみ上げたものがそのまま勢いよく、びゅ、と先端から吹き出した。

「イっちゃったの？」

晶良の声に背筋が冷える。イっちゃだめだと言われていたのに、一人気持ちよくなってイってしまった。どうしよう。射精直後の少しクールダウンした頭が思いあぐねる。

「ごめ、んなさい……」

「イっちゃだめって言ったのにな」

「だって、足、足の指、気持ちよくて、なのに晶良さんが指入れるから……」

寛貴が足先から口を離す。

「なら別のところにするか？」

直後、膝の裏に舌を這わせてきた。

「あ、やあ、あッ」

そんなところを舐められたのは初めてだ。気まぐれに歯を立てられると、身体が勝手に跳ね上がった。

「あッ、あッ、な、に、これ、ああッ」

寛貴の愛撫は荒っぽく、生々しく欲をぶつけられる。でも傍若無人(ぼうじゃくぶじん)にふるまわれる、その強引さに興奮する。

「足そんなに気持ちいいの？　でも悠はこっちのほうがもっと気持ちいいよねえ？」

「ひゃ」

晶良が、悠の性器から手を離し、後ろの孔に差し込んだ二本の指でことさら荒っぽくかき混ぜる。

「や、ちんちん触って、まだ、まだイきたい、足りない、出したい、や、そっちばっか、あん、や、あ、あ」

「アナルまんこぐちゃぐちゃされるの好きでしょ。ほら」

乱暴に指を出し入れしながらも、内側の感じるところをしっかりと撫でているから、悠の身体は熱くなるばかりだった。

意識が晶良の方に逸れたのが気に入らなかったのか、寛貴が身体を伸ばして、悠の乳首に歯を立てる。そのままむしゃぶりつき、もう片方を指で転がしてから強くつまむ。

「あ、んッ」

「あは、おっぱい吸われるとナカがきゅっと締まるね」

胸元から鎖骨、首筋、と噛みつかれながら貪られ、寛貴が悠の後頭部を片手で力任せに引き寄せて口付ける。強めに吸って、口を開けさせてさらに深く。愛撫というより暴力に近い。なのにされるがまま、征服されることが嬉しい。水音を立てて互いに貪るようなキスで耳も犯される。

「キス気持ちいいんだ、きゅんきゅんしてる。寛貴、先に入れていいよ」

晶良が悠の両脚をM字に立てると寛貴に差し出した。悠はヒッと息を呑む。悠の後孔は晶良の指三本を軽く飲み込んでいる。だが、寛貴を受け入れるにはまだ早い。壊れてしまう。怯えから身体がこわばった。晶良のもずいぶんな大きさだったけど、寛貴は規格外だ。

「待って、うそ、あ、あ、うそ、あッ、まだ、無理ッ」

寛貴が持ち上げた悠の足を晶良に差し出す。宙でばたつく両足首を掴んだ晶良は、悠の腰を浮くほどの力で引っ張り上げると、がばりと拡げる。

「ひ、っ」

息苦しい体勢に抗議しようと思ったところで寛貴の顔が目に入った。

「悠」

凶暴な目で悠を見下ろしている寛貴の呼吸が荒い。喉仏が大きく動く。漂う気配はまるで獣だ。悠の身体がぶるりと震える。

「……っ」

けれど悠の、身体の内側から湧き出てくるのは恐怖ではない。震えるほどの甘い悦びだった。

この愛しい大きな獣に早く喰い殺されたい。めちゃくちゃにされたい。喰い尽くされて肉片だけになりたい。

「ひろき、さん」

大きな身体がのしかかってくる。信じられないほど怒張したそれが、欲しがるそこに触れる。悠の体温よりも熱いそれが力任せにねじ込まれると、みしりと軋む音が身体の中から響いた。

「あ、あ」

悠の声は甘さに掠れていた。寛貴が力を込めて更に侵入すると、ぐぷん、と亀頭が内側に飲み込まれた。

「は、はいった、あ、すご」

そのまま、力任せに押し入ってくる。知らない太さが狭いところを押し拡げる。

「や、くる、まだくる、まだくる、すごい、あーっ、あっ」

　侵入されたことのない奥の奥まで、膨れ上がった寛貴が入ってきた。信じられない質量が不自然に腹に収まって苦しい。異物感どころじゃない。だけど不快であればあるほど、苦しければ苦しいほど、所有物じみた扱いに悦びが止まらない。

「く、っ」

「全部入ったね寛貴の」

「動くぞ」

　晶良の声を無視した寛貴の、余裕のない声は掠れていてセクシーだ。無理をさせるのは本意ではないらしい寛貴が、息を殺すようにして震える手で悠の腰を掴み、悠の様子を覗き見ている。

「……て」

　遠慮なんてしなくていいのに。寛貴のしたいようにして欲しい。だって、そんな目で見てるのに、我慢なんてして欲しくない。寛貴のすべてを受け止めたい。

「して……いっぱい、して、っ」

「っ！」

　獣の気配が大きくなった。

　体重を使って一気に貫かれ、腰を掴まれ何度も打ち付けられる。内臓の奥がふるえる。

タガが外れた気遣いのない動きに快楽がついてこない。けれど痛みはとっくの昔に官能にすり替わっている。

「あっ、あーッ！」

「あっは、悠のちっちゃいお尻にこんなぶっといチンポが出たり入ったり、うっそみたい。さいっこうにエロい」

寛貴は、湧き上がる性衝動のままに腰を打ち付けてくる。熱いモノで穿たれてたまらなく嬉しい。もっと酷くしてほしい。舌を覗かせて鳴く悠の声は悦楽にまみれていた。

「もっと、あ、あ、もっと、すごい、いっぱいして、もっと……っ」

「かっわいいね、悠」

掴んでいた悠の足を放した晶良が、自身を掴んで悠の口元に突きつけた。

「あーんして。エッチすぎて僕のもすっごくおっきくなっちゃった」

にじんだ先走りを唇に塗り拡げられた。悠は晶良のソレを掴み、舌を伸ばして口に含んだ。口の中に苦くてしょっぱい独特の味が拡がって唾液が溢れてきた。

すごい、おっきいおちんちんでお尻犯されてすっごく気持ちいいのに、一緒に口でもしゃぶれるの、さいこう。

二つの性器でいっぱいにされて苦しいのに、快感しかなくなっていた。

「いい子。お口じょうず」

晶良が唇を舐めたのが見えた。品のいい顔に劣情を浮かべて見下ろしてくる。

その姿が色っぽくて、腕を伸ばして晶良の腰に縋りつく。含みながらも口の中で舌を動かして先端を刺激する。おいしい？　と聞かれたので頷いた。けど、ほんとはもっとえずくほどねじ込んでほしい。物足りない。

「おい……っ」

意識が晶良にばかり向くのが気に入らないらしい寛貴が、悠の腰を強く掴んで奥を強く突いた。

「んーッ！」

のけ反って、ぷは、と口から性器が外れた。激しく何度も突かれる。突かれるまま身体をよじらせ痙攣させる。甘い声が止まらない。

「ちんちん、すごい、あんっ……おなか、くるしくて、ごりごりって、気持ちい……」

あは、と嬉しくなって笑う自分の表情はきっとだらしなくて淫らだ。けれど、二人が同時に喉を鳴らした。

「悠……っ！」

「エロくて最高……ねえ、寛貴ばっかりずるい、僕も気持ちよくなりたいっ……」

晶良が悠の口に無理やりねじ込んでくる。晶良にしては珍しく乱暴だ。

「お前も……余裕がなくなることもあるんだな」

「好きな子のこんなの……見せられて我慢できるわけないでしょ」

悠の頭の上で二人が何かを言っている。今の悠には言葉が入ってこない。好きな人たちのもので身体の知らない奥まで拓かれ欲のまま犯され、口にも無理やり咥えさせられる。悦びで頭の奥から身体の芯までだめになりそうだ。

「んっ……ふ、う、っ」

「っ、ゆう、っ、好き、だっ」

寛貴の動きが早まる。射精が近い。

「悠、こっちもっ……」

さっきまで撫でられていた髪を掴まれて喉奥に突っ込まれた。

もう無理だ、と思うのにもっと抵抗できなくされたい。もっと、もっと奥までほしい。呼吸ができなくなるほど欲しがられたい。

「んー、んっ、んーッ！」

「悠、ゆう、ゆうッ!!」

ひときわ深く奥を突かれた。身体に強い喜悦がほとばしる。頭が真っ白になって、くぐもった声が漏れた。

「……ッ！」

頭を掴む手に力がこもり、喉に熱いものが吐き出される。頭がおかしくなるほどの快感。

「んーッ、……っ!!」

身体中が痙攣する。悠が触れられていないのに射精したのと、身体の奥の質量が震えたのはほぼ同時だった。


重たい。とても重たい。暑い。呼吸がやっと整うと、今度はのしかかられている重さで息が苦しい。

「寛貴、寛貴ってば」

どうやら悠の身体を抱きしめたまま離したがらない寛貴を、晶良が足で小突いてどかす。寛貴が動くと、内側の質量がずるりと抜けた。

「あんっ」

思った以上の喪失感だった。ぬるいローションが糸を引いて脚に垂れる。

不思議と射精後の冷めた感覚が訪れないぼんやりとした意識の中で二人のやりとりを見つめていると、晶良が笑顔で顔を覗き込んできた。

「お掃除してあげて」

耳元で囁かれて、回らない頭は命令を拒否することができない。言われるまま悠は怠い身体を起こして寛貴の下半身に手を伸ばす。

「っ……」

先ほど射精したばかりなのにもう硬くなり始めている。戸惑う寛貴に構わず、ゴムを外すと先端をゆっくり口に含んだ。さっきまでゴムに覆われていたそこは少しゴム臭い。口全体を使って丁寧に愛撫してゆく。

「⁉　や、っ」

突然、腰を掴まれて膝立ちさせられ、尻肉を割り拡げられた。穴の縁に親指がかかって開かれる。敏感な内側の粘膜に空気が触れると、ぞわっとする。

「や、やだ」

「かわいい。ヒクヒクしてる」

やだ、と言いながらも先ほどまでの甘さを忘れていないそこは、次の刺激を期待して疼き始める。

「いただきまーす」

「あっ、あああっ！」

ずぶり、と固いモノが侵入してきた。入り口を丁寧に性器で愛撫されていけない快感が湧き上がる。晶良は悠の好きなところを的確に抉ってくる。欲しいモノがもらえて、喰らいつくみたいに締め付けてしまった。

「……っ、さっきまでデカイの入ってたのに、すっごい締まる……」

その隘路（あいろ）をこじあけるように太い性器を、根元まで埋められた。奥を突かれて、あん、と身体をよじる。

晶良がしばらくそのまま内側の感触を楽しむ。気持ちいいけど、きっとコレをしゃぶったら、もっと気持ちいい。悠が掴んでいる寛貴を咥えようとした瞬間、動くよ、と腰を軽く引かれた。

「ここイイんだよね？」

「ふあっ！」

角度をつけて、内側の一箇所を抉られた。

「あ、ん、ああっ！」

快楽が電気のように走る。何度も何度も擦られてその度に鋭い快感が身体中に拡がる。

「悠、おい……」

うしろにばかり気を取られている悠に焦れたのか、寛貴が悠の頭を片手で掴むと、自身を悠の口に押し込んだ。

「んぐっ」

「なあに？　僕のチンポに嫉妬した？」

「悪い顔で笑うな。っくそ」

荒っぽい動きに興奮して、もっと乱暴にしてほしくて、がっしりした腰に縋りつく。口いっぱいのそれを喉奥まで一気に飲み込んだ。

「……!!　っ」

「……、きゅうって締まった、すっご……」

喉の奥が痛い。呼吸がうまくできない。鼻先に濡れた寛貴の下生えが擦れる。雄の匂いが鼻腔に拡がってたまらない。

めまいがした。甘いめまいだ。肉体は危険信号を出しているのに、悠の興奮は高まって蕩けそうだ。下半身はぎちぎちに勃ち上がってもう痛いほどになっている。

上からも下からも激しく突かれ、また射精が近くなる。腰が震えて高まりを示す。

「まだ、だよ、っ」

晶良に腰をより上げさせられて、もっと奥めがけてぶち込まれた。一気に快感が身体じゅう駆け上がる。強い力で腰を掴まれて、何度も何度も腰を激しく打ち付けられる。

好きにされたい、喰らい尽くされたい。

髪を掴まれ更に熱い寛貴自身をねじ込まれ、性急に腰を動かされた。

「ん、んっ」

もっと喉の奥まで犯して欲しい。口の中から鼻に抜けるにおいと味が愛しくてもっと欲しい。もっと。もっと。ろくに息ができないまま興奮ばかりが高まっていく。腰を抱きしめていたはずの腕はもう力が入らずにされるがまま、ぼうっとして何も考えられない。好きな人たちに犯されて、欲しがられて、貪られて、ひどくされて、熱くて熱くて、気持ちよくて、もうめちゃくちゃだ。

「悠、いく、ぞ」

「ゆう……っ」

強く奥を突かれて、ひときわ大きい快感がスパークして脳天まで突き抜ける。迸る熱い奔流が喉奥にぶちまけられる。声もあげられないまま快感の白濁を吹き出して、悠は二度目の深い絶頂を迎えた。

意識が混濁したまま荒い息をつく。身体の内側がまだじんじんと余韻を残していて少し苦しい。目を閉じていると、柔らかいものが頬に、唇に触れる。

「好きだよ」

唇に濡れた感触。舌がぬるりと唇を辿ってから、歯列を割って侵入する。金色の髪が触れるのがくすぐったい。

「あ」

突然顎を掴まれて首を上向かされた。厚みのある唇で唇を覆われる。顎を掴まれて口を開かされて、舌が差し込まれた。

「ん、っ」

苦しい体勢のまま、じゅ、と吸われて舌がねっとり絡んでくる。

「ちょっと、僕がキスしてたのに」

「悠」

身体が引きずりあげられ、座る寛貴に後ろ抱きにされた。

「ひろきさ……ひゃっ」

頬をべろりと舐められた。膝の下に腕を通され太腿を掴まれると、浮遊感に襲われる。

腰を持ち上げられたのだ。

「な、ん、ひろきさ、ん？　まって」

「悠、……俺だけを、感じてくれ」

まだ敏感なそこに熱いモノがあてがわれる。二人を受け入れて、もう体力が残っていないのに、まさか、まだ⁉　気づいて逃げようとした瞬間、悠を支えていた腕の力が抜けた。

浮いていた身体が落ちる。

「あっ、あっ……⁉」

自重で一気に奥まで貫かれた。すっかり柔らかくなったそこを大きなもので再び強く擦られ奥を突かれ、軽くイってしまった。ぐ、と背後でこらえる気配がした直後、下から勢いよく突き上げられる。

「あああああ!!」

ずん、という衝動が頭にまで響く。四つん這いで近づいてきた晶良が、大きく開かれた内腿に手を這わせながら胸元にキスをする。舌を伸ばして突起を舐めまわされて吸い付かれる。

「寛貴、僕にヤられてた悠見て興奮しすぎじゃない?」

晶良の手が伸びて、ゆるく屹立した悠の中心に指が絡んできた。扱きあげられる熱に、胸元の甘い刺激に、突き上げられる強い快感に、背を反らす。尻を両手で掴まれておもちゃみたいにがくがくと揺さぶられる度に、おかしくなりそうな快感が溢れてきて、逃げたいのにもっと求めてしまう。

「悠、僕も可愛がって」

手を取られて、晶良自身に導かれた。悠の唇に唇を重ねながら囁かれた声がいつもより低く掠れている。熱いままの晶良のそれを握ると上から手で包まれ、上下に擦らされる。

「あ、ああ、だめ、も、……んっ」

晶良が、寛貴が触れる何もかもが熱い。熱くて熱くてぜんぶ溶けてしまう。深く口付けられぐちゃぐちゃと口内をかき回されて、もうわけがわからない。快感が満ちて高まって溢れてきて、背後から寛貴が首筋に噛み付いた瞬間。

「ん、あ、ああああ、っ!!」

どくりと脈打つ感覚、射精感。体の奥から津波のように押し寄せる絶頂感。ぜんぶが一つになって溶け合った気がした。

「これで全部かな？」

悠はアパートから最後の段ボールを引っ越し業者に渡し、よろしくお願いしますと頭を下げた。

部屋に残るのはいつものトートバッグだけだ。がらんとしたアパートの部屋を見回すと、足元にミュウがすり寄ってきた。

「こことも今日でお別れだね、ミュウ」

ミュウはまだ片手で持てるくらいの大きさだ。小さな毛玉が、くるぶしに顔を擦り付けてゴロゴロと喉を鳴らしている。ひょいと持ち上げて、胸に抱く。

結局、あの日はあれからも求められ続けて、気絶しても許してもらえなかった。

慣れない体勢ばかり取らされて股関節と腰と顎が痛いし内腿も腹も背中も筋肉痛だし、尻にはずっと違和感があるしで、翌朝はまともに起き上がれないほどだった。けれど二人を責めるつもりはない。求めたのは悠も同じだったからだ。

ベッドから起き上がれないと言ったら、二人の美しい男達がかいがいしく世話を焼いてくれていたたまれない思いをした。晶良に至っては笑顔でトイレの個室にまで入って介抱しようとするから丁重に断った。あの様子は多分趣味も入ってる。

当然のように食事で「あーん」としてきたのは、断ろうとして失敗した。二人が悲しそうな顔をしたのでほだされてしまったのだ。

幸せだ、という気持ちがふんわりと湧き上がる。

大きな窓から差し込む明るい光の中、晶良や寛貴と笑いあう、くすぐったいような幸せ。こんな幸せが自分の人生の中で訪れるなんて信じられない。今なら、どんなことが起きても乗り越えられる気がする。

漂うコーヒーの香ばしい香りは、寛貴が準備してくれているものだ。悠はベッドの中でホテルの高い天井を見上げながら、ふふ、と笑みをこぼした。

「どしたの悠。楽しそうだね」

晶良が覗き込んできた。金髪が透明な光を弾いている。

「うん、幸せだなって」

そう、と微笑み返す晶良を見て、ふとボーイは卒業しよう、と決意する。もうこの人たち以外の誰とも触れ合う気はないからだ。

ボーイじゃなくても、バイトなんていくらでもどうにでもなる。今までだってそうしてきたじゃないか。

「……あ、アパート」

けれど、新しく住むアパートがまだ見つかっていないことを思い出した。

ここしばらくの恋煩いのせいで、不動産屋巡りもはかどっていない。大家に言われた期限はあとわずかだ。

「アパートがどうかしたの？」

眉間にしわを寄せていると、ベッドサイドにぎしりと腰掛けた晶良が、悠の目の上にかかる髪を長い指ですくい上げた。

「晶良さん、どこかペット可の安いアパート心当たりはありませんか？　あと、保証人いなくても借りられるような……」

以前、晶良の仕事が不動産関係と聞いたことを思い出す。弾かれたように身体を起こし、わらにも縋る思いで晶良に詰め寄る。勢いに驚いて目を見開く晶良の背後から、寛貴が両手にカップを持って現れた。

「どうした？　引っ越すつもりか？」

「うーん、学生向けアパートは扱ってないなあ。あ、ありがと」

手渡されたコーヒーカップをそれぞれ受け取る。

「今のアパート取り壊されるんです。新しいところ探してるんですけど、大学から遠すぎたり保証人が必要だったりして、なかなかいいところが見つからなくて……ミュウと離れるわけにはいかないし」

「ミュウって？」

「猫です。茶トラの」

「猫!!　男の子？　女の子？」

晶良の目が輝いた。どうやら、なかなかの猫好きのようだ。

「お、おんなのこ、です」

「女の子かあ……ね、店の上空いてるからそこ住まない？　住めるようにはしてあるんだけど、なかなか人が入ってくれなくてさ。傷んじゃうから入って欲しいんだよね。部屋飼いするならミュウちゃん飼っていいよ」

「え？　四階ですか？　入って欲しいってどういうことですか？」

「あのビル僕のだよ。オーナーって言ったじゃない」

「店のオーナーじゃなくてビルのオーナー!?」

思ったより大きい声が出た。

「知らなかったのか？　ついでに言うと、こいつはあのビルの管理の仕事を全部自分に押し付けてる」

「いいじゃない。風俗店の店長だけだったら寛貴暇で死んじゃうでしょ？」

晶良の仕事が気になったが、今度教えてあげる、と微笑まれて、はぐらかされてしまった。

「どうする？　入居するなら手配しちゃうけど」

とはいえ、繁華街だ。聞いた家賃はとても手の届くものではなかった。「家賃はいらないよ」と言われたがもちろん固辞した。恋人関係になったとはいえ、さすがに甘えるわけにはいかない。

話し合いには結構時間がかかった。

「なら俺もあそこに住む。俺のところに来てもらっても良かったんだが、猫がいるとなると無理だからな」

家事をしてくれるなら寛貴が家賃を負担するという提案だ。寛貴は壊滅的に料理ができないらしい。晶良の保証付きだ。先日は目玉焼きを炭にしたし、これくらいならいけるだろうとウインナーに火を通そうとしてやっぱり炭にしたらしい。本人曰く、鍋でボイルしようとしたのに気づいたら黒くなっていたということだ。筋金入りだ。驚きを通り越して感心したし、なんなら初めて知る寛貴の意外な一面にキュンとした。

苦学生の悠にとって、料理は日常に組み込まれている。願っても無い提案だ。

「何それ。僕も悠の手料理食べたい。僕もそこ住む。悠と暮らす」

「は⁉」

「お前は来るな」

「だってミュウちゃんもいるんでしょ？　最高じゃない。いいよ、めちゃくちゃ安くしてあげるから。その代わり僕の居場所も作ってよ」

「三人も住むのは無理だろう」

「店の面積の半分くらいあるから、三人くらい平気」

どうやら四階に作られた住居スペースは４ＬＤＫで、相当余裕のある造りになっているらしい。

「うっそ……」

引っ越し先が見つかってしまった。場所は大学からすこし離れてしまうが通うのに問題はない。

しかもこの二人と住むだって？　この美しい顔ふたつとおはようからおやすみまで一緒に生活を共にする？　晶良の寝顔？　風呂上がりの寛貴？　この人たちの生着替えだとか居眠りだとか無防備な姿が見られる？　俺の作った食事をこの人たちが食べてくれる？　つまりこの人たちの身体を俺が作る？　どうしようセックスが週十くらいだったら！　無理！　無理じゃない方の無理‼　おかえりなさいお風呂とご飯があるけどまずは俺で‼

妄想を爆速で駆け巡らせていることに気づいたのだろう、寛貴がぼそりと呟いた。

「悠、言っておくがこいつと一緒に住むのは相ッ当面倒だぞ」

「僕は普通だよ？　寛貴が色々雑すぎるんだよ」

何か二人が言っているけど、悠の耳には届かない。

バイト先のコンビニからは離れてしまうから続けられない。ボーイの仕事も終わり。となると、ミュウとの生活のためにも稼げるバイトが必要だ。

「じゃあ、あとはバイトを探せば」

「店で受付してれば？　コンビニよりは稼げるでしょ。コンビニの深夜の時給って今いくらなの？　三千円くらいでどう？　もっと欲しい？」

「へっ？」

晶良から提示された時給は、コンビニや家庭教師よりずっと高額だった。

「可愛い恋人を寛貴以外に貸す気はないよ。それとも、悠はボーイを続けたい？」

茶目っ気たっぷりにウインクされて、悠は勢いよく首を横に振った。

「お客さんの相手もできなくなってたし、辞めようと思ってたんです」

「ねえ店長どう？　ボーイじゃない受付補助の子が欲しいって言ってたでしょ」

「俺の悠が不埒な輩の目に晒されるのは……」

「オッケーだってさ」

「話を聞け」

「悠は寛貴のものじゃないって話からする？」

寛貴と晶良の、なんだかんだ息の合った仲の良いやり取りを聞きながら、悠は軽く吹き出した。

なんだろう。好きな人たちがこんなにも楽しそうで、すごく幸せな気持ちだ。

「……あ」

好きな人たち。言葉が突然腑に落ちた。

「どうした？」

「あの、怒らないで聞いて欲しいんですけど」

振り向いていた寛貴と晶良が首を傾げた。

「俺みたいなのが二人みたいな素敵な人に好きになってもらえる価値なんてないって、正直今もまだ思ってます」

ふふ、と自嘲するように笑った。

「悠、それは」

「お叱りは後で聞きます。同じように、俺が二人のことを同時に好きなんて傲慢すぎるって思ってました。ずっと。せめて選べばいいのに、選べもしないなんて何様なんだろうって自分を責めてました。でも気づいたんです」

悠の話を先走って想像したらしい二人の間に、少し不穏な空気が流れた。

「それで？　どっちかを選んだの？」

「違います。選びません。選べないんじゃなくて、選ばないんです」

珍しい少し早口の晶良をさえぎると、悠はゆっくり二人の顔を見つめた。

「俺は、二人が好きです」

まるで、探していた青い鳥が庭先にいたような気持ちだった。

「晶良さんも、寛貴さんも、どっちも好きで好きで、だから選びません。傲慢で贅沢で図々しいって言われるかもしれません。俺だってわかってます。でも好きなんだから仕方ないでしょう？」

理屈や責める自分自身すら打ち倒す「好き」という気持ちの強さに、悠自身も驚いていた。

「好きって言ってもらえた気持ちはまだ受け止めきれないけど、好きです。晶良さんが好きです。寛貴さんが好きです」

まっすぐに二人を見つめた。

ぷ、と先に吹き出したのは晶良の方だった。

「悠～！」

ぶつかる勢いで悠を抱きしめた。寛貴も腕を伸ばしてくる。

「嬉しい、どうしよう、すっごく嬉しい！　悠愛してる！」

「悠……！」

笑いながら、左右からぎゅうぎゅうに抱きしめられる。キスの雨が降ってきた。

幸せな時間は、まだまだ続くようだった。


好き、という自分の気持ちの強さを、悠は初めて知った。あの二人と出会えたからだ。

きっとまだまだ強くなれる。そんな気がする。

「ふふ……」

ミュウが何もなくなってしまった部屋を見て、なおう、と鳴いた。

「寂しい？　大丈夫、これから賑やかなところに住むからね」

ちいさなミュウの喉元を人差し指でくすぐる。ゴロゴロと喉を鳴らす音はさっきよりも大きい。

「二人ともすごくすてきな人だから、仲良くしてあげてね、ミュウ」

返事をするように、大きな口を開けて、なーう、と声を出した。

ひとつ伸びをして、気合を入れる。

「さて、行きますか」

悠の愛しい恋人二人が、きっと待っている。

■あとがき■

初めまして、吉川丸子と申します。

風俗が舞台というのはニッチらしいのですが、昔から夢を見ている題材でした。もっと風俗っぽくしたかったんですが、ただのポルノになってしまうのでこんな感じで。

受1の攻め2ですが、メンタルは女子2の男子1です。

当初、悠はもっと頭がおかしかったし寛貴はヘタレで頭がおかしかったし晶良はオネエでお下劣で頭がおかしかったんですが、「頭がおかしいのは一人で十分です」と言われたのでだいぶ頭のおかしい度が下がりました。ちなみにコメディ部分も削られてこうなりました。笑

悠は自分が普通だと思っている思い込みの激しい妄想癖で、無自覚ゲイです。寛貴は事情があって女嫌いですが、多分事情がなかったら普通の生活を送ってたと思います。八割方晶良のせいです。晶良はバイです。好奇心が旺盛な分性癖の許容範囲が広いですが、こう見えて性欲が薄いです。

晶良と寛貴の性格にもそれぞれ理由があって、二人の過去とかもやもや考えてしまったので、いつか形になったらいいなと思っています。ついでに頭がおかしくてギャグの作品は同人誌で出すのでそっちかな。

お声がけいただき初めて書く創作小説だったのですが、担当Fさんにはたくさん苦労をかけてしまいました。出来上がった恐ろしく拙い内容をなんとか形にしてくださって、ありがとうございました。長い道のりでした……。

素敵なイラストを描いてくださった亜樹良（あきら）のりかず先生、イメージぴったりの三人に更に華やかさと色っぽさを加えていただき、とても感動しました。文字で表現していたシーンが絵になった時は、めちゃくちゃ嬉しかったのを覚えています。心より感謝申し上げます。

また、ポップ&キュートでとってもキラキラおしゃれなカバーデザインをしてくださったヤスダさま、お忙しい中デザインを引き受けていただき、本当にありがとうございます。

最後に、ここまで読んでくださってありがとうございました。またお目にかかれたら幸いです。

Twitter : @maru_yoshikawa

初出
「風俗♂(ボーイ)の溺愛トライアングル」書き下ろし

この本を読んでのご意見、ご感想をお寄せ下さい。
作者への手紙もお待ちしております。

あて先
〒171-0014東京都豊島区池袋2-41-6
第一シャンボールビル7階
(株)心交社　ショコラ編集部

風俗♂(ボーイ)の溺愛トライアングル

2020年11月20日　第1刷

著　者:吉川丸子
発行者:林 高弘
発行所:株式会社　心交社
〒171-0014　〒171-0014東京都豊島区池袋2-41-6
第一シャンボールビル7階
(編集)03-3980-6337 (営業)03-3959-6169
http://www.chocolat_novels.com/
印刷所:図書印刷 株式会社

アルファのオフィスに秘密の残り香

義月粧子
イラスト・ｋｉｖｖｉ

軽薄エリートアルファ×
仕事に生きる処女オメガ

悠は大企業樫原グループの常務である兄の秘書を務めている。オメガだが発情を薬で完璧に抑え、恋愛には目もくれず兄に尽くしてきた。だが常務の一人・紘隆の匂いにだけは反応してしまう。紘隆は軽薄そうに悠を誘ったかと思えば、仕事ではカリスマを発揮する掴み所のないアルファだ。惹かれる気持ちを必死で隠していた悠だが、紘隆のオフィスを訪ねた際、女を連れ込んでいた彼のフェロモンにあてられて発情してしまい——

倦怠期は犬も食わない

夕映月子

イラスト・日塔てい

もう俺になんか興味もないんだろう？

高校教師でゲイの藤島は、六歳年下で旅行添乗員の一心と付き合って十五年。放浪癖のある一心は長く家を空けるようになり、藤島から心が離れたのか大事な連絡すらつかない。真面目すぎる藤島にとって一心の自由さは憧れで、束縛したくも別れたくもなかったが、距離を置いて考えたくて家を出て行くよう突きつける。だが一心はちっとも出て行かず、藤島の好きな料理やセックスで機嫌をとろうとしてきて……。

つがいは目隠し竜に堕ちる

宮緒 葵

イラスト・みずかねりょう

「そなたに愛されたい。
…ほんの少しで良い」

不幸続きの人生のため〈疫病神〉と呼ばれていた高校生・光希は、ある朝電車に撥ねられ、気づくと緋と藍の瞳の美しい男に犯されていた。光希を「我がつがい」と愛しげに呼ぶ男はラゴルト王国の大魔術師にして竜人のラヴィアダリス。彼のつがいでありながら違う世界に生まれたことが光希の不幸の原因だった。冷たくしても罵ってもラヴィアダリスは嬉しげに纏わりついてきて、あまつさえ光希が恐れた双眸を抉り差し出すが——。